文章讀本

三島由紀夫

黃毓婷 譯

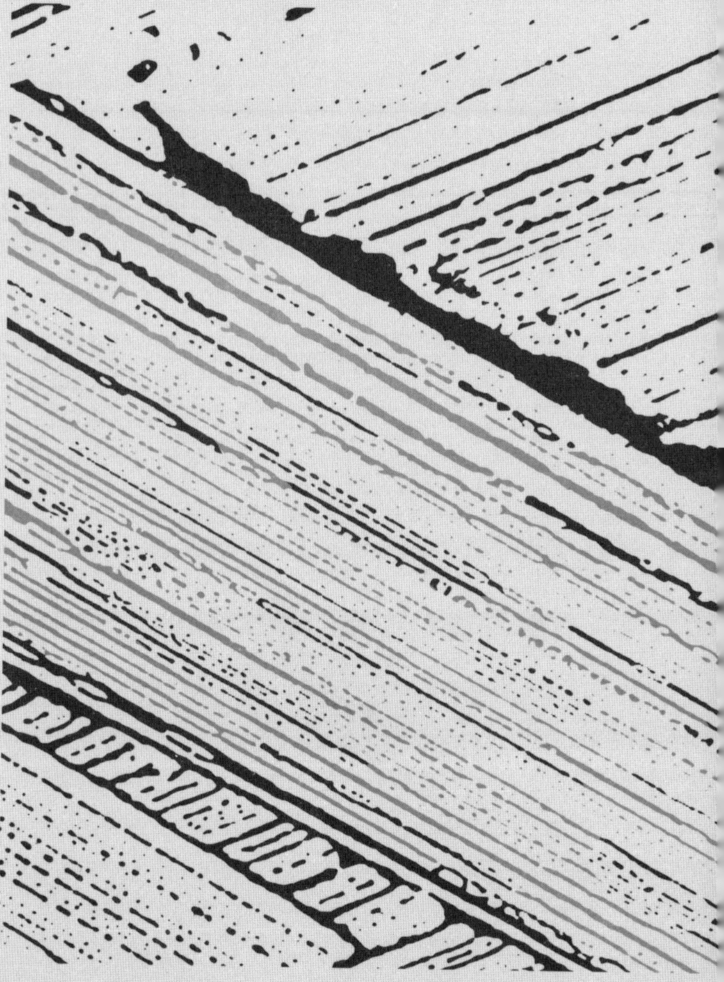

目錄

1 本書執筆的目的

有所謂專供觀賞之用的水果，一如佛手柑，其外形可觀，其芳可賞，卻不能食，和一般可以下肚成為營養的實用水果不同。那麼嚴格來說，是否也有純供欣賞的文章？從前是有的，所謂的「美文」就是專供欣賞的華麗文章，比如中國的四六駢儷體[1]。當時寫文章的技巧屬於特殊的職能，如今教育普及，只要不是文盲，誰都可以寫得一手文章，文章的特殊機能日漸淡薄，要讀到賞心悅目的文章，機會也就愈來愈少了。

儘管如此，文章還是免不了帶著幾分微妙的專業性質。看起來誰都能寫的普通文章、或是誰都讀得懂的文章裡頭，其實都經過了特殊專業上的錘鍊。現今即便有供人欣賞的文章，也會將這層意義隱藏起來，在表面上裝扮得和一般的實用文章沒什麼兩樣。例如，雜誌或各式各樣廣告上可見的標語，雖然沒有高深的文學意涵，卻都是在個別獨特目的下經過錘鍊、講求技巧下的結晶，絕非業餘之作。

自從推行現代口語文[2]之後，一般大眾的文章都改用日常生活語言，不過在部分書信當中仍舊存在「候文」[3]的體裁，官廳及軍隊也仍在使用艱深的漢語。天皇陛下的敕語本來只可心領神會，二戰結束之後，敕語也不得不口語化，天下文章看似愈來愈平準化的同時，口語文卻也因為不同的目的與用途，而存在著寫作方法上和語感上的差別。先談談我個人的經驗：過去我在大藏省[4]服務的時候，也曾為了撰寫大藏大臣的演講稿而吃足苦頭——我原本所擬的一篇文情並茂的講稿，竟可能嚴重傷害大臣的威信。課長說我寫得太蹩腳，讓我的上司把稿子徹底修改過，結果改成了一篇令我俯首稱臣的傑作——它雖然是口語，卻閃耀著八股文的光輝。那篇文章完全不帶任何情感或個性，所有可能動人心弦的修辭都刻意刪除，變成了位高權重者對不特定多數大眾發言的獨特文體。

我不打算在這裡談文體的問題，只是對先前出版過的《文章讀本》[5]一味迎合全民寫作的風潮、鼓吹「能讀就會寫」的主張有些微詞。婦女雜誌上有談論婚姻生活的文章，教導人們關於婚姻生活的規範、新婚的心得、初夜的感想等普遍的法則，但寫文章並沒有那樣放諸四海皆準的守則。我們從小學開始學寫字、習作，並學會寫作文的一定格式，但要再更進一步的話，就得經過許多專門的階段，研習專業的技術，畢竟實用文章和供人欣賞的文章從某個階段就分道揚鑣了。但所謂的業餘文學模糊了這種文類的疆界——一種模倣而來的品味，和無意識間流露出來的實用語氣奇異地交相混雜，或許這就是業餘創作的趣味所在；不過，我這本《文章讀本》是從讀者角度來談，而非從創作者角度來談，總得先把定位搞清楚，目的才會明確，也才能打破讀者諸君對業餘文學的迷思。

狄伯德[6]把小說的讀者分成兩類：一是「普通讀者」（lecteur），另一類是「精讀讀者」（liseurs）。根據狄伯德的定義，「普通讀者對於小說是有什麼就讀什麼，他們不會追隨『興趣』一詞涵蓋的任何內在或外在要素」，閱讀報章連載小說的讀者就屬於這一類。另一方面，精讀讀者乃是「小說世界因他而存在的人」，他「並不把文學當成短暫的消遣，而是當成目的本身。他是小說世界的居民」。精讀讀者必須兼具其他修養，同時是美食家、狩獵高手等等，是所有嗜好者的最高等級，可謂「小說的生活者」；愈是在小說世界中如真實世界般行走坐臥的人，就愈是對小說體會深刻的讀者。我寫這本書的目的，就是期望能引導目前滿足於當普通讀者的人，進一步成為精讀讀者。請容我區區一介小說家講句僭妄的話，我認為，作家首先必須也是一個精讀讀者，若沒有經過精讀讀者的階段，就不能品味文學本身；若對文學缺乏品味，是成不了作家的。只不過，精讀讀者和作家之間畢竟還有「才能」這個神祕的關鍵，此外，也由於每個人生來各有不同的性格和命運，所以有人是絕佳的精讀讀者，卻當不成作家；也有滿是偏見的大作家，始終拒絕成為其他作品的精讀讀者。評論家聖伯夫[7]即是一例，他是位絕佳的精讀讀者，但他寫的小說全都失敗了；而日本相當出色的小說家志賀直哉，讀了斯湯達爾《帕爾馬修道院》，竟批評主角法布利斯說：「什麼嘛！不過就是個不良少年！」志賀先生有種作家的潔癖，那就是與自己素質不合的文學作品一概拒斥，這一類的作家打從下意識排斥和他們素質不合的文學，因此即便具備精讀讀者的條件，卻不願為之。對大部分讀者來說，這種偏頗的閱讀方式是一點意義也沒有。

直到現在，我對中學時代所受的作文教育仍然抱有很大的疑問。沒錯，作文是從一般情感為出發點在教的，然而被讚譽的則是那種平鋪直敘、不假修飾，或是淡淡寫來卻含意深刻的文章，只是，這樣的文章乃是作家剔除了諸多額外的要素才能臻至的理想境地，中學生這種精力旺盛的年紀怎麼可能理解？此外，不同的時代、不同的民族有各式各樣不同種類的文章，很難界定哪一種就是最上乘，比如說，馬塞爾．普魯斯特[8]的文章雖然清楚易懂，卻不夠簡潔，截然不同於大部分知性又精練的法國文學作品，因此普魯斯特的文體最初被視為劣作，直到近代人們才認定那是他所獨創的新體裁。可見文章會進步也會變化，依照各類文章的特性發展出最優秀的作品。這本《文章讀本》並不打算獨鍾哪一種特定的文體，或武斷地排列出優劣高下的階級，我只期望能盡量脫離自己的好惡和偏見，看見每種文章的趣味，對每種文章之美保持敏感，這樣就足夠了。

1 駢文是古代中國一種特有的文言文文體，其句多四六對仗，故又稱四六文或四六、駢儷、駢體等，具駢文要點而有押韻者稱駢賦。

2 即白話文，「現代口語文」或「口語文」都是相對於明治時代以前的通用文字——「文語文」而言。文語文以平安時期貴族的語言為基礎發展而成，長久以來在語彙和文法上已經和日常語言相當不同。明治時代為求普及教育，推動我手寫我口的「言文一致運動」，才確立了現代口語文的樣貌。

3 候文（そうろうぶん）是日本中世以來的文體之一，特徵是大量使用「候」字。「候」字的本意是隨侍，在候文裡僅當做助動詞用，如同現代日語裡的「です・ます」，有自謙之意。江戶時代，候文成了官方和正式書信的文體，直到明治時代口語文興起後才告衰落。

4 大藏省為日本中央政府底下的一個行政機關，其組織和功能相當於我們的財政部；該機關於西元二〇〇〇年時進行重組，主要業務由新設的財務省繼承，因此「大藏省」如今已成了歷史名詞。

5 在三島由紀夫執筆寫本書（一九五九年出版）以前，谷崎潤一郎和川端康成都已分別寫過品評文學的書籍，皆名《文章讀本》。谷崎潤一郎在一九三四年寫《文章讀本》的目的在鼓吹大眾創作更多的通俗文學，鼓勵讀者「多讀多寫」、「文章沒有實用和藝術的區別」。三島顯然對這樣的態度不以為然，所以在這裡明白說他寫《文章讀本》的初衷是不平而鳴。在谷崎、川端、三島這幾位重量級作家寫過《文章讀本》之後，以同樣書名談論文章的作家絡繹不絕，例如吉行淳之介、丸谷才一、井上廈等，都有與前人相呼應的意味。

6 Albert Thibaudet（一八七四～一九三六），法國作家、文學評論家。

7 Charles Augustin Sainte-Beuve（一八〇四～一八六九），法國作家、文學評論家。

8 Marcel Proust（一八七一～一九二二），法國小說家。

2 各式各樣的文章

男性文字與女性文字

純粹的日文指的是假名。平假名歪七扭八的外形很難讓人感受到威武的男性氣概，事實上，平安朝時期以平假名寫就的文學作品也多出自女性之手，純粹的日本古典文學即是由女性著述、以陰性文學為代表，這個傳統綿延至今，若要一言以蔽之日本文學的特質，說是女性的文學可一點都不為過。

那麼男性又是如何涉足文學領域的呢？平安朝時期把漢字稱為「男性文字」，把平假名稱做「女性文字」。像《和漢朗詠集》這一類漢詩詩集的作者幾乎都是男性，而三十一文字[1]或是和歌的歌集裡面，雖然有不少男性作家，但女性在其中也不遑多讓——豈止如此，還占有代表性的地位。《土佐日記》的作者在開頭便寫道：「男子所寫的日記之謂，吾亦試作之」，這其實是作者對於自己假扮女人、用女性文字寫作的藉口罷了。

想想看，當時的社會針對邏輯與感情、理智與情思都有明確的男女之別，女性代表了感情與情思，男性則代表邏輯與理智，這種分別本來根源於男女兩性上的特質，而平安朝時期的文章針對兩性不一樣的特質，所使用的語言也有殊異——邏輯與理智延伸出來的有政治和經濟、社會關懷，以及一切與外在生活有關的事務，而感情與情思延伸出來的有熱情、愛戀、嫉妒、情愛不得回報的苦楚、悲傷，以及為人在世一切內在的心緒。

文學的重心通常偏向後者（感情與情思），即便以現代文學而言也是如此，可是在古時中國文化風行草偃的時代，所謂的文學並不一定著重在後者。文學修辭涵蓋了政治、經濟、社會的所有面向，有些中國的古詩甚至可以在情詩的外衣下抒發政治上的慨嘆。如今文學幾乎等同於個人生活和私人情感的反映，這是現代以後才出現的現象。文章本來具有公共機能和私人機能兩個面向，例如在古希臘，悲劇同時也是儀典，伊底帕斯王內心的起伏波瀾呈現了人類命運不由自主的可怕，而且他的命運與希臘市民的生活同在神的支配下，有共通的範疇。聯結個人生活與公共生活的第三項要素就是宗教，以平安朝時代來說，這個聯結可以是惠心僧都《往生要集》所代表的來世信仰，也可以是構成《源式物語》中心思想的華嚴宗教義，而在古希臘則同樣有對眾神的信仰。雖然這裡把宗教信仰在日本平安時代的力量，與西方的希臘、中世的宗教力量相提並論未免流於輕率，然而它們在區隔公共生活與個人生活，以及同受宗教力量統率這點上是相對等同的，這個思考點與今日全然不同。在十九世紀浪漫派高唱情感至上以前，文章始終是帶著公／私的兩個機能演進發展，這個現象同樣可以在法國十八世紀的文學看到，例如，伏爾泰的文學不僅僅是政治諷刺，同時也是小說的一種典範。

然而回到日文的特質上來看，會發現很奇異的，日本人竟把男性特質、邏輯和理智的特質皆依附於外來思想。平安朝時代的漢語以及中國文學的修養，到了武家時代以後，在禪宗和儒教披靡的風氣下，陸陸續續被新的外來文化取代。日本的男性文化幾乎全假外求，另外也有不知外來文化為何物的日本男性——就像更早的《古事記》時代中的男人們，維持原始的純樸，單純地依憑官能，對感情全無概念。在男性發現之前，女性早先發掘了感情，而後男性寧可自囚於外來文化所引進的各種概念裡，與發掘自己的感情相比，男性更願意從各種概念中汲取樂趣。男性益加背離情感之後，便更進一步企圖用種種哲學和宗教的概念去扼殺情感——儒教薰陶出的武士道有多麼嚴厲，相信大家都知之甚詳。

這樣的影響到了明治維新以後仍然揮之不去。當德國唯心主義的專有名詞如風暴般席捲日本知識分子的語彙後，大大小小的抽象概念旋即被德國唯心主義的用詞取代，因為那時候的人認為，既然日本沒有獨自發展的抽象概念，就按照平安朝以來的習慣拿外來語充數就好了。至於日文中存在的抽象概念，始終包圍著情緒的迷霧，浸潤在鹹溼的感情裡，永遠沒有機會獲得一個概念該有的自主性、獨立性和明確性，可是，這種語言的曖昧特性，卻因此得以無分男女地滲進民眾的話語裡，造就了庶民文學誕生的基礎。不過，這是後話了。

這麼看來，日本文學——應該說是日本「土生土長」的文學——在起步之初便欠缺所謂抽象概念，因此在抽象概念可以有效發揮作用的故事構造或人物角色的精神層面等，在日本文學中往往不見思索，換句話說，男性的世界，亦即男性特有的理智、邏輯與抽象概念的精神世界，可說長期以來受到忽視。到了軍紀物語的時代，雖然出現了敘事詩般的講唱文學（語り物）以及《平家物語》、《太平記》這樣的鉅著，但是其中所描寫的男性不過是會勇於行動的戰士，殺人或者被人殺，或策馬疾驅或衝鋒陷陣，或將敵人的扇子射落[2]等等，傳達的不過男性動態的一面而已。

另一方面，平安朝的女性作家雖然開拓了書寫男性的領域，但那是從女性情感所見的男性形象。平安朝女性作家筆下的男人莫不獻身愛情、一心愛著女人，他們都是女性理想的化身，只活在男歡女愛的世界裡，即便像光源氏那樣才氣縱橫的美男子，也被描寫成見一個愛一個的登徒子，這和軍紀物語只寫男性武勇的一面是同樣偏頗。可是，恰好是這方面的男性書寫形成了日本文學最綿長、最深厚的傳統——元祿時代（西元一六八八～一七〇三年）的西鶴《好色一代男》也屬《源氏物語》之末流，同樣是描寫風流成性的男人。雖然這些作品代表了與當時主流的武士道德截然不同的庶民思想，但仍如以往輕忽了男性的精神層面——這個傳統存在於日本人的無意識之處，一直延續到明治時代以後的現代文學仍可見。舉例來說，志賀直哉《暗夜行路》裡的主角時任謙作，不但主動積極，同時也是個有異常官能需求的人，光憑這一點就和西方的現代小說大相逕庭。從這裡或許可以觀察到日本作家書寫男性形象的侷限——這些作品裡的男性完全不具有任何的抽象概念，只有在主動、多情以及官能享受上才表現得「像個男人」。

我們必須時時謹記日文的這個特質，因為儘管有許多作家為了擺脫這個特質做過無數嘗試，但根本上只要日本人繼續使用著日文，就無法脫離這個傳統和這項特質的影響。姑且不論好壞，日本文學都無法否認在女性想法和情感的表達上獨冠全世界，就這一點來看，日本現代文學繼承了日本古典文學最豐富的特質，可視為一種成功，即便是缺乏古典文學造詣的作家，仍會因為所使用的語言本身處處掣肘並汲取到古典的滋養，最終得到上述的結果。

他愈是這麼想，偏生愈是想念空蟬。但是現在這個軒端荻，態度毫無顧慮，年紀正值青春，倒也有可愛之處。他終於裝作多情，對她私立盟誓。他說：「有道是『洞房花燭雖然好，不及私通趣味濃』。請你相信這句話。我不得不顧慮外間謠傳，不便隨意行動，你家父兄等人恐怕也不容許你此種行為，那麼今後定多痛苦。請你不要忘記我，靜待重逢的機會吧。」說得頭頭是道，若有其事。

卻說那藤壺妃子身患小恙，暫時出宮，回三條娘家休養。源氏公子看見父皇為此憂愁嘆息，深感不安。但一方面又頗想乘此良機，與藤壺妃子相會，因此神思恍惚，各戀人處都無心去訪。無論在宮中或在二條院私邸，總是晝間悶悶不樂，沉思夢想，夜間則催促王命婦，要她想辦法。王命婦用盡千方百計，竟不顧一切地把兩人拉攏了。此次幽會真同做夢一樣，心情好生淒楚！藤壺妃子回想以前那樁傷心之事，覺得抱恨終天，早已誓不再犯；豈料如今又遭此厄，思想起來，好不愁悶！但此人生性溫柔敦厚，靦腆多情。雖然傷心飲恨，其高貴之相終非常人可比。源氏公子想道：「此人身上何以毫無半點缺陷呢？」他覺得這一點反而令人難以忍受了。

〈紫兒〉《源氏物語》3

〈空蟬〉《源氏物語》

逐吹潛開，不待芳菲之候。迎春乍變，將希雨露之恩。（立春日內園進花賦）

池凍東頭風度解，窗梅北面雪封寒。（篤茂）

《和漢朗詠集》

散文與韻文

西洋文學史的起點是韻文。希臘是有歷史文學以後，才出現散文，在那之前不管敘事詩、戲劇，還是抒情詩，全是以韻文寫成。

日本文學在古代就有了像《萬葉集》這樣的詩集鉅著，在此之前的《古事記》，內容是說書人傳講的文章，只有部分之處押韻，整體而言不算韻文。日文的特質使得韻文和散文的區別變得困難，因為日文無法押「頭韻」，也不存在韻腳，不過，《萬葉集》裡頭其實看得到古人也曾打趣作過一些押頭韻的詩：

（持統天皇賜志斐嫗之歌）

本來不願聽　志斐強要朕聞道　近來少聽她絮叨　引朕發想念

（志斐嫗回奏之歌）

本來不願說　奈何皇上多催促　志斐方才開口道　何來說絮叨

《萬葉集》二三六—七

還有許多嚴格說來不算頭韻、但利用「枕詞」[4]創造出與頭韻相同效果的例子：

父親在世短暫如慈父果
母親在世須臾如慈母葉
兒女時刻心掛念
惟恐親不待

《萬葉集》四一六四

古希臘的吟遊詩人荷馬曾經吟唱道：「璀璨雙眼的女神雅典娜！」[5]，這也是利用類似枕詞的功能來調節詩的韻律，東西詩人不謀而合的表現方式相當令人玩味。荷馬的英雄和眾神大多在帶著枕詞，韻律整齊的史詩中步武堂皇地行進，可是日本的詩離開《萬葉集》的長歌時代以後，就只剩下三十一文字，接下來就等著進口漢詩來填補空缺。在三十一文字中，「五・七・五・七・七」的法則成了日語韻律上黃金分割的鐵則，後來的軍紀物語以韻文方式書寫時，仍然是依照七五調[6]。七五調和五七調長久以來成為講唱文學的傳統，從軍紀物語到佛教的和讚，一直到《淨瑠璃十二段草子》開啟的〈古淨瑠璃〉，貫串了淨瑠璃[7]的全盛期；而後散文也倣效淨瑠璃的文體，戲曲方面也有歌舞伎的默阿彌，在江戶時代末期完成了七五調的台詞。七五調的影響力甚且遠達明治時代以後，當坪內逍遙撰寫《桐一葉》並首次譯介莎士比亞時，都還看得到它的身影。七五調算不算純粹的韻文還有待討論，不過從日語的特性來看，應該足以稱為韻文無妨。

另一方面，散文公認是從和歌的詞書[8]發展而來——原本附記在詩前的註釋文章逐漸發展，演變成日記和物語，這已經是文學史的通論。平安朝的文學來自〈好色之家〉[9]的傳統，和歌的應答就是在談情說愛，從中造就出一些抒情的專家，但他們愈來愈不滿足於只用和歌來傳情，於是拓展了抒情詩的註釋，成為日本散文的起源。因此與希臘散文脫胎自希臘常見的辯論、演講以及史家等學者文章截然不同，日本的散文乃是誕生在和韻文密切相關的抒情基礎上，是為了闡釋情意、描寫情意、構成情意而逐漸發展成的。另一方面，韻文雖是從抒情詩的型態發展而成，可是隨著宮廷生活沒落，和歌的傳統也逐漸衰頹，而由軍紀物語及其他的庶民講唱延續了韻文的命脈。後來，韻文成了文盲群眾的語言，散文的傳統變成對宮廷式感情世界的懷舊。在德川時代[10]，所謂的「擬古文」在某些意義上已經成了一種炫學驕人的所謂教養。在元祿時期，井原西鶴的小說不拘一格地混雜著韻文和散文的特質，他所描繪的散文世界裡，有商人的斂財吝嗇和心計、有娼婦的內心盤算、有富家子弟遊戲人間的心態，這些內容已遠非平安時期那種簡單透澈的散文足以表達。西鶴以他獨具特色的節奏感，創造出既是散文又是韻文、彷彿雙面神傑納斯[11]般的華麗文體。

我基本上認為日本不太需要有散文和韻文的區別，只是日本的現代文學作家受到西方思潮的影響，依樣畫葫蘆提倡起散文藝術的精神來。這些受到自然主義文學洗禮的作家極力想把散文的終極目標和自己的文學理念調合在一起，但日文的特質背後，橫亙著長期散／韻混雜的歷史，早已切割不開，即便經過口語文運動那樣重大的變革，影響還是殘留不去。現代文學當中，例如泉鏡花的作品，便明顯保留韻文文體的傳統，目前作家石川淳就還是用這種文體書寫作，另外，谷崎潤一郎的散文裡頭，也一脈相承了口述文學那種浩浩湯湯的韻文文體。

散文是最接近實用的文章，它的指涉最明確，清楚明瞭又不假修飾，能將事物以最接近寫實的方式呈現出來，偏偏日語就是沒辦法如此清楚明白表達。日語的特質在於它不直接陳述客觀的事物，卻擅長點出事物散發的風情以及周邊的氛圍，因此用這樣的散文寫成的日文小說也就處處可見這樣的特質，只能在某些地方降低散文的特性，並努力充實文體了。現代人已經不寫七五調的文章了，可是日語獨特的七五調韻律依然在我們周遭隨處可見，比方說立在警視廳門口的告示板：

「小心只需你一秒　傷病伴隨你一生」

「打燈謹記往下照」

「別用手握方向盤　要用你的心」

除此之外，還有一些廣告文案以及日常生活中會見到的標語，都還保持著七五調的形態。

「打了一次大噴嚏　露露服三錠」

「大叔溫泉我超愛」

「相見有樂町！」

前一陣子我去參加一場以外國人為主的餐會，問了一位小說家：「你們在寫小說的時候，會去想印刷出來的視覺效果嗎？」他很肯定地回答說：「絕對不會。」就我們日本人來看，英語的Y是筆劃往下拉，L往上伸展，印刷時多少會有起伏和凹凸的效果，想必很有趣，可是外國人似乎不太在這方面費心思。與視覺效果相較，外國的文章不管是什麼形式的散文，都相當注重聽覺的效果——所謂「聽覺的效果」當然不是指進行曲或華爾滋那麼顯著的音樂效果，而是「無韻之韻」，也就是在無聲之中產生的韻律、從人的內在韻律顯現於感情之上的韻律。英美作家在創作時，由於不是使用象形文字，便可以完全不用考慮文字的視覺效果。

對我們日本人來說，一旦學會了象形文字，邊寫文章邊考慮它的視覺和聽覺效果就成了再自然不過的事。舉例來說，伊藤整在《關於女性的十二篇》裡，開創了將漢語轉寫成片假名的技法，這種技法有絕佳的嘲諷意味，因為它藉此將我們所熟悉的抽象概念變得一文不值；即便發音都相同，以往相貌堂堂的漢字用片假名注音之後，變成赤條條的語音，這就像我們本來以為國王穿著美麗的新衣，卻突然發現他其實一絲不掛一樣，抽象概念的尊貴外表被揭穿開來，就會產生滑稽之感。伊藤氏將大量的漢字片假名化掀起一陣風潮，雖然這個風潮對伊藤氏而言是個困擾，對我們讀者大眾來說也不勝其擾，可是伊藤氏筆下的這個技法確實發揮了破除偶像的功能。只不過，長久以來被漢字馴化的結果，就算把漢字變成片假名，在我們眼裡看來徹徹底底變了形，但腦子裡仍不免會反射出原本的漢字。如果像「假名文字會」12的那些人那樣把漢字的字義和內容全轉變成片假名的話，那麼幾乎連文義都無法理解了。

透過漢字，我們體會到視覺美感這個擾人的東西，並同時失去了與假名文章、也就是女性文字所具有的透澈情思的聯結，這是我們的歷史宿命。谷崎潤一郎在《盲目物語》中，嘗試只用平假名寫現代小說，但這除了復古之外別無意義，畢竟不可行。

祇園精舍的鐘聲，迴盪諸行無常之音；沙羅雙樹之花色，顯現盛者必衰之理。驕者不久常，猶似春夜夢；猛者終必亡，直如風中塵。

《平家物語》

別矣斯世，別也今宵；投死之行，夢中夢杳。譬猶無常原上道旁霜，一步逐一步，行行去消。堪哀，服曉七聲鐘，已聽第六聲；剩得一聲聽竟，便寂滅為樂，了卻今生。豈但與鐘聲長別？草木天空，俱成永訣。仰看雲無心以出岫，雙星映河面以清冽；北斗指天心而不移，銀河濟牛女於永劫。我和你，可是天上的夫妻；梅田橋，恰比得天河鵲。二人相依相偎，誓不離身緊相貼；潸潸淒淚瀉河中，管叫河水添，深情波疊。

近松門左衛門《曾根崎鴛鴦殉情》13

只要像常人一樣生活在人世間，就少不了有身著和服裙或者無袖上衣與人們進行交往的麻煩。人們注重自身儀表，所以，每天早晨要讓人梳頭，這也是繁瑣的事兒。所以，有人便剃掉頭髮，身著袖籠縫死的短身和服，成了和尚或隱士。以往，曾有這麼一個人，他原本是一個大家庭的主人，但是，後來他卻做了無任何煩惱的逍遙隱士，隱居於男山腳下八幡町的柴之座這個地方，過起專心於詩書文字的生活。

又有一個人，他讓人在宅邸的東側建造了一處倉庫，裡面存有價值三十萬金幣的貴重物品，西側則建起一幢以銀箔裝飾的住房，室內裝著有畫著春畫的隔扇，從京都召來很多美女，過著隨心所欲的神仙般日子。有時候，他讓女人們都脫光衣服互相摔跤，或者讓她們僅穿一件薄紗貼身裙，那白嫩的肌膚和那黑乎乎的部位都可一覽無遺。傳說中的無所顧忌不拘禮節盡情放縱的聚會大概指的就是這種情景吧。此人原本是若狹小濱人士，他無一遺漏地鑑賞了日本北方各港口的妓女和敦賀的妓女之後，如今居住在京畿。

世之介已經與父母斷絕了關係，無依無靠，就像那沒著沒落的波浪也會發出聲音一樣，他邊走邊唱，沿著淀川河岸流浪於交野、枚方、葛葉等地，來到橋本後暫住下來。此地是大和（譯注：即現在的奈良）的耍猴藝人、西宮的木偶戲藝人和挨門演唱的乞討藝人的棲身之處，因此，這些人真可謂是一丘之貉，而他們無不隱姓埋名進行了種種的偽裝。

井原西鶴《好色一代男》14

文章美學的歷史變遷

二葉亭四迷[15]以降，我們的文章經過了革命性的變化——在那之前的文學全變成了古典文學。明治時代的作家當中，即便是樋口一葉的《青梅竹馬》，還是尾崎紅葉的口語體之前的作品《金色夜叉》等等，對現代讀者而言都已經算是拗口難解了。詩的領域亦然。西洋的現代詩翻譯進來也有一段時間了，可是上了年紀的人提到詩，聯想到的只有漢詩，也聽說有前衛的現代詩作家，因為對老人家自稱是詩人，就被請去揮毫寫漢詩而困擾不已，這類故事屢見不鮮。但其實詩的領域從川路柳虹[16]那時候開始，就已經有很成熟的口語詩，早將之前的古典美學遠遠拋到腦後。當然在那之後也不是沒有古語詩，佐藤春夫和三好達治就是相當擅長使用古語的詩人。

現代口語文如何產生的過程，可以參考諸多專家的見解，外文翻譯對現代口語文的影響，以及現代口語文對翻譯的影響則是不容忽略的事實。在口語化以前，連翻譯的內容都非得用雅文的體裁寫成不可，例如森鷗外譯的《即興詩人》，就是雅文翻譯的名篇：

此地為我心歸鄉。有色彩、具形相者，唯義大利的山河而已。舊地重遊之樂，君宜善體之。

安徒生著．森鷗外譯《即興詩人》

這是十分典雅的文章。這個典雅的雅文體裁能夠讓讀者充分感受到與日本風土、社會環境完全不同的西洋異國情調。口語文當然也不單只是用來翻譯外國作品而已，它隨著語言的發展而變化，當文章遠離了實用功能、與實際的社會生活產生距離的時候，口語文自然就會在歷史上應運而生。比如，當傳統衣著再也跟不上現代的潮流時，儘管彆扭，人們也還是得改穿西服和皮鞋，好因應社會生活的步調；同樣地，文章也必須因應時代和社會的急遽變遷，因為「之乎者也」的文章畢竟會變得像武士的丁髷那樣，只讓人感到滑稽。風俗一旦變得滑稽就完蛋了，美的事物總是從珍奇開始，以滑稽告終。換個方式說，某種美學在仍然新鮮的時期，多少給人一種怪模怪樣、刺眼的印象，然而當它逐漸普及之後，就成了一般的美感標準，而後會愈來愈陳舊，最後變得既老氣又滑稽。

語言也是一樣。口語文剛產生之時，想必也有一些格格不入的地方，但與此同時，工業革命以後發明的種種產品充斥東京街頭，所以「之乎者也」的文章逐漸難以完整表達像是電燈、電車，以及愛迪生發明的一切現代生活必需品。在巴黎，現代生活的一切設備可以矗立在十八世紀和十九世紀的古老建築之間而不顯突兀，可是在日本的生活環境裡，木造建築隨時會毀壞、一直在變舊，並且隨時會改建，日語似乎也像這裡的建築一樣，是可以隨著時代重新改造，事實上，日語也的確重新改造了。日本人對於改革的安然自適，我認為和建築物的構造以及歷史遺物的無法耐久有絕大關係。石材和鋼鐵構造的歷史遺物能夠承受風霜，長時間毫髮無損地座落於原地；但是在東京，戰火將它一掃成灰燼，新的木造建築又從戰爭廢墟中一棟一棟蓋起來，這景像使得我們對於語言也產生一種無所謂、隨時都能重新來過的態度。二戰之後曾推行一些所謂的語言革新，包括縮減漢字和新假名等等，憑一道命令便雷厲風行，充分顯現日本人對改革的輕鬆自適。

不過，現代口語文的革新卻不是這麼回事，它是推動日本歷史銜接上西方世界史、並配合物質文明的步伐，將日語一舉改頭換面的變革，直到現在我們仍深蒙其惠。口語文革新的結果，當然也讓我們失去不少東西，但文章時時刻刻在變化，現代口語文剛產生的時候，也還仍然依附著許多漢文的習慣用法，以及明治時代特有的說法，現在看來，當時的口語文就像是一條附著了許多貝殼的廢船。語言總是不斷帶著時代的積垢死去、再生，循環不息。

提到口語文，就得說說對現代文章影響最巨大的外文翻譯。各位想必還記得，戰爭結束後頒布的麥克阿瑟憲法，對它不自然的英文直譯應該還有印象——雖然用的是日語的口語文，卻怪腔怪調不堪一讀，這樣的「日本憲法」相信曾讓不少人感受到被占領的悲哀。如果日本被占領的事實是發生在明治時代，我想同樣的文章應該會用既流暢又優美的譯文寫成才對。

現今的人們抱持著一個幻想，以為外國文學和外國文化的一切概念都可以逐字逐字轉換成日文。像日本這樣熱衷翻譯的國家舉世少見，世界各國的文學都在我們旺盛的求知慾下翻譯成了日文，這一點也來自明治文化的影響，讓我們獲益匪淺。如同我先前提到的，日本人由於缺乏可以用來談論抽象概念的語彙，明治時代以前一律用漢語替代，後來引進西洋文化和西方的抽象概念時，日本人便以獨創的漢詞組合來傳達這些新觀念——就連我現在正在說著的「概念」這個詞彙，也是從德文「Begriff」翻譯過來的。在漢語獨特的修飾和置換當中，譯名就脫離了原本想要翻譯的概念，得到了自由。我們從外文的漢語譯名裡得到的不是精準的概念，而是能將概念自由揉塑的日本式彈性做法，如此而已。概念的混亂便由此而生，造成日本人在思考上也有獨特的觀念混淆。

在這樣的歷史背景下，日本人以為外來的每一個語詞的概念都可以藉著漢語的排列組合轉化成日文，這份樂觀到了最後，人們甚至用日語寫起了翻譯式的文章。在二戰結束前，說「那人的文章有種翻譯的腔調」是一種中傷，可是到了戰後就不是這麼回事了。如今「翻譯腔」的文章才是主流，正規的日文反而愈來愈少見，這是因為從前一些外國概念被翻譯成日文時，還只在高級的哲學思考範疇裡流通，後來漸漸普及以後，我們的生活便再也脫離不了這些舶來概念了。

與此同時，語言也慢慢失去了原有的嚴謹。人們現在不說「気持ち（kimochi，心情）」，而說「情感」；不說「我知道那個人」，而說「我認識那個人」[17]。西洋的哲學用語除了有一部分是哲學家自創的新詞彙以外，幾乎都來自日常生活的語言，他們把日常用語當成學問研究，依照特定的意義侷限它的範圍，才成為哲學上的術語。可是日本恰恰相反，先是輸入哲學術語，直到它的概念逐漸擴充、變得模稜兩可之後，然後融入到日常用語裡。當時最多的就是康德所代表的德國觀念論，所以在法律、軍事各方面都受到德國文化影響深遠的日本，你會聽到人們開口閉口都是從德國觀念論翻譯而來的名詞，同時又一邊聽著浪花節、唱著日本的流行歌曲。

二戰結束之後，以德國為師的風氣退燒，轉而追求英、美的文化，再加上法國文學的翻譯顯著增加，法國的各種觀念自由穿梭在人們的日常生活裡，這種多國匯集造成的概念混亂，使得我們的精神生活和情感都充斥了過多的概念。小說以及其他的文類中也看得到這種混亂，這種混亂已經逐漸普遍到人們很難區別什麼是翻譯腔、什麼才是正規日文了。舉最近的例子來說，如果拿大江健三郎的作品告訴別人說，這是沙特作品的翻譯，大概誰都不覺得奇怪。沙特和大江的文章在構想上自然有差別，兩位作者的資質也不一樣，但大江健三郎十分刻意要讓自己的用詞遣句接近沙特所用的詞彙概念，這樣的文章在戰前是「翻譯腔」，而如今則都已經見怪不怪了。

歷史上經常被人評論為翻譯腔的文章，就是橫光利一早期在新感覺派時代的作品。

拿破崙．波拿巴的肚子，在杜樂麗宮的觀景台上，彷彿決心與一旁出現的彩虹對峙般鼓脹著。那壯碩的肚皮頂上，一枚科西嘉產的瑪瑙鈕釦反射著巴黎歪斜的半景，又因為王妃的指紋而似有若無地黯淡下來。

橫光利一《拿破崙與汗斑》

這樣的文章即便是現今的人來看，也看得出來是明顯的翻譯腔吧。新感覺派時期的橫光利一就是要讓人感覺不習慣；新感覺派的主張是藉由這種不習慣來刺激人們的感官，而感到新鮮並增加一些新的感受，因此他們的文章屬於「刻意的翻譯體」，和大江健三郎毫不自覺的翻譯腔有所區別。現今四處橫行的翻譯腔文章已經不再有橫光利一那種讓人耳目一新的效果，並且由於翻譯文章的氾濫，再怎麼不可思議的日語表達如今也已經見怪不怪，最極端的例子就是石原愼太郎《龜裂》裡的文體：日語徹底解體，語序、文法均四分五裂，再經由不自然又怪異的重組，形成異常的效果。不過石原愼太郎比較吃虧的一點是，從前橫光利一的文章可以藉由刻意的翻譯體刺激讀者的感受，進而有耳目一新的效果，如今這種做法已經無法引起任何作用。

在那令人陶醉的行為瞬間他所感受到的真實，結果竟只在那一瞬間稍縱即逝；他的焦躁，就和他無意識中期待在同樣的行為中消融的願望是一樣的。藉著這個天上掉下來的叫做涼子的女人的肉體，他不知為何突然有種感覺可以付諸實踐。

石原愼太郎《龜裂》

品味文章的習慣

歌舞伎裡頭，經常會有個武士悠哉悠哉地登場，把話本放在架子上說道：「來讀一段吧！」然後朗誦出來。

現代人大概很少用這種方式在讀書。從前若是把字典拿來當枕頭，或是墊在屁股下面就會遭父母責罵，可是現在的父母親已經不會為這種事發脾氣了。泉鏡花曾說，他從未曾糟蹋過任何有字的紙張，哪怕是一小張剪報；如今大眾傳播泛濫的時代，若還要這麼字字珍惜，那可會累垮自己。週刊的宿命是讀完就扔，在通勤電車駛過三、四站的時間裡，一頁頁翻完之後就被留在行李架上，這是必然的趨勢。我曾在國外的候機室裡，看見有人將大開本的《Life》放在座椅上，上前去提醒他別忘記帶走，對方反而說，那本雜誌是丟掉不要的。像《Life》這種用銅版紙印刷精美的雜誌，在日本還會受到珍惜，在美國就只是一般的週刊，終究落得看完就丟的下場。

在這樣的時代，品味文章的習慣日漸淡薄也是不可避免的趨勢吧！往昔人們說「小說欣賞」的時候，主要的意思乃是欣賞「文章」；現今讀小說，就像開車到郊外去踏青，要緊的是目的地，而沿路的風景、路邊的花草或是小河邊釣魚的小孩等等，往往無心理會，即使看見了也只是在眼前一閃即逝。

從前人們是在書中一步一腳印地漫步。在交通不便的時代，這樣的節奏可算是天經地義。走路的時候，通常都會有許多事物吸引住你的視線，因為走路本身很單調，欣賞映入眼簾的每一件事物能增添走路的快樂。我要在這本《文章讀本》裡向各位大力呼籲：請在作品裡慢慢走。雖然快跑看完十本書的時間，慢行的話可能只讀得了一本，可是藉著慢行，你可以從一本書中獲得讀十本還得不到的豐富收穫。在小說中趨車疾駛，不過是看到主題與情節鋪陳的軌跡；若是慢慢走，你會發現那是一張語言編成的織錦，那些投射在你眼底的圍籬、遠山、鮮花綻放的峭壁，都不只是沿途的景色，更是以一個個詞彙編織出來的美景。從前的人們十分享受這片織錦的花樣，小說家則因人們欣賞其織錦的美而得到喜悅。

到了現今，人們都說他們享受的不是文章而是故事了，如今已經絕少聽見人們讚美某個人的文章好，倒常聽人說誰的小說有意思。然而，文章畢竟是小說唯一的實質，語言仍然是構成小說唯一的材料。我們看畫時，豈能無視它的色彩？語言就是小說中的色彩；欣賞音樂時，豈能忽略它的音調？語言就是小說中的音符。容我再重覆一次，有很長一段時間，庶民大眾欣賞文章的習慣方式，是透過耳朵來品味的，而貴族則是以眼睛來品味文章。不管用眼睛還是耳朵，日本古典文學當中值得品味欣賞的文章多如牛毛，被冠上「美文」之稱的只是一部分翹楚，它僅僅是為供人欣賞之用，內容如何是其次，就像外觀精緻的日本料理一樣。我們生活在一個營養掛帥的時代，食物是否賞心悅目已經不再重要，但持平而論，最上等的文章應該要嚼之有味而後富於營養，不是嗎？文章的滋味就像由水到酒，層次不一；又如同豆皮和牛排，種類各異，究竟何者才算上乘？我不敢妄下斷論，只是文章的滋味有的清楚明瞭，有些則需要有充分鍛鍊過的味覺才品嘗得出來。接下來我要用許多文章作例子，一一解說其滋味何在。西洋人即便精通日文也未必能理解森鷗外和志賀直哉的原因，是因為他們的作品清淡如水。水的滋味得要千帆過盡才能領略，然而醇酒和威士忌——例如谷崎潤一郎的作品，也同樣令人流連啊！

徒有空泛修飾的文章現今都不以為美，另一方面，像公家機關的公文，那樣制式的文章也不算好文章。即便有那種不假修飾、又不落制式窠臼的文章，要會品味的話，也需要讀者的品味有所進步才能欣賞；可是偏偏這種文章的味道總在細微之處，這就讓一般民眾的喜好，與之前提到的「精讀讀者」的喜好愈來愈疏遠。在這裡就不提是誰了，但我經常在大眾為之著迷、甚至癡狂的作家作品裡，看到許多其實相當糟糕的爛文章。相比之下，在江戶時代，為近松和西鶴喝采的民眾還更懂得品味。雖然從文章的平均審美標準來看的話，近松門左衛門的文章過於雕琢，現在看來已變得老氣乏味，可是在這樣的文章仍受到喜愛的時代，民眾從品味文章當中所得到的快樂，想必是無比豐盛的。

如今我們幾乎失去了欣賞文章細節的習慣。我手邊有本老舊的文章辭典，出版於大正時代中期，是專為文藝青年和文學愛好者而編的辭典，裡面列舉了各種人物描寫的範例，以及對景色的絕佳比喻，並且一一附上註解，例如：「這是多妙的表現方式啊！」之類編輯的讚嘆。現在看來頗令人驚訝的是，這部文章辭典中的範例——尤其推舉為傑作的文章，絕大多數乃是以「比喻」為基礎。

比喻和形容詞曾幾何時已經從作文的寶座上失勢了，現今，如培植盆栽那樣細細折繞、迴環、巧妙地運用文字的技巧已經一文不值。這樣的趨勢雖然不算壞事，卻也顯露日本文學某種狹隘的特質。姑且不論日本文學，西洋的現代文學當中，其實也不乏大量運用修辭技巧的作品，例如普魯斯特的小說、克洛岱爾[18]的詩、季洛度[19]的劇作，以及西班牙嘉西亞・羅卡[20]那樣的詩人兼劇作家等，都是以長篇累牘的比喻見長，這也是中世[21]文學傳統在現代文學中生生不息的明證。

然而，日本一方面在漢文的影響下崇尚高度壓縮、高度簡潔的表現方式，另一方面又有俳句去蕪存菁、不帶情緒的傳統，這些根深柢固的傳統在現代文學當中依然普遍存在，使得許多我們號稱「美文」的文章看來新潮，其實帶著漢語的簡潔和俳句的密度。品味文章到頭來畢竟是在品味語言漫長的歷史，藉此我們得以在文章的一切現代樣貌當中，尋找到語言深處的淵源。而品味文章的同時，我們也認識了自己的歷史。

1「三十一文字」即短歌，為日本文學形式之一。短歌的格律為五・七・五・七・七，首句和第三句為五音（五個假名），第二、四、五句為七音（七個假名），計三十一字，故名之。相對於漢詩是男性知識份子的主流文學，以平假名創作的三十一文字及和歌的創作者多為女性。

2 此指《平家物語》中，源、平兩陣營在屋島對戰時的逸話。話說源氏、平氏在屋島的海岸對峙之際，平氏派遣小船試圖挑釁，卻遭源氏的神射手將船頭的軍扇射落。此舉刺激平氏全力進攻，最後落敗。

3 在台灣較易入手的譯本有林文月譯《源氏物語》（洪範，一九九七年）以及豐子愷譯《源氏物語》（木馬文化，二〇〇一年）。此處以豐子愷譯為本。

4「枕詞」（まくらことば）是和歌的修辭法之一，通常是某種具體的物象，用來修飾特定的語彙。在本書的例子當中，「慈父果」和「慈母葉」就分別是「父親」和「母親」的枕詞。

5 原詩來自荷馬史詩Homeric Hymn 39 to Athena。三島在此以「璀燦雙眼的女神」修飾「雅典娜」為例，類比和歌中「枕詞」的作用。

6 七五調指「七字・五字」的格律。

7「淨瑠璃」（じょうるり）的起源是《十二段草子》的淨瑠璃姬物語，講的是淨瑠璃姬與牛若相戀，最後殉情的故事。它本來和平曲、謠曲同樣都是配合琵琶、三味線等樂器說唱的故事，因此同樣具有說唱文學的韻文特徵，後來因為淨瑠璃姬的故事大受歡迎，它的曲調便自成「淨瑠璃」的文類。江戶時代，近松門左衛門為淨瑠璃編寫了一連串適於舞台演出的劇本，大幅提高了淨瑠璃的文學性和戲劇性，因此後世史家將近松門左衛門以後的淨瑠璃稱為「新淨瑠璃」，在此之前以說唱為主的則相對地稱為「古淨瑠璃」。

8「詞書」（ことばがき）是寫在和歌開頭的題辭，說明創作的時間、地點與背景等。

9〈多情者之家〉（色好みの家）引自《古今和歌集》的〈假名序〉。

10德川時代（西元一六〇三～一八六八年）即德川家康（初代征夷大將軍）入主江戶城，直到末代將軍德川慶喜大政奉還的二百多年期間，又稱江戶時代。德川時代實質統治日本的雖然是江戶幕戶，形式上仍以天皇為尊、使用天皇的年號，後述的「元祿」即東山天皇的年號。元祿期因為工商活絡，新富階層的出現和印刷技術的發達，造就出鼎盛的美術、工藝、音樂和科學技術，歷史上特別用「元祿文化」一詞來總括這個時期的文化成就。文學上的許多重要形式也出現在這個時代，例如松尾芭蕉的「蕉風俳諧」、井原西鶴的「浮世草子」、近松門左衛門的「新淨瑠璃」等。

11雙面神（Janus）在羅馬神話中是掌管一切門關的神，代表開始與結束；一年之初的一月（January）便來自雙面神的名字，象徵新舊年的交替之關。三島在這裡顯然並未在意神話內容的意涵，只借用了雙面神在字面上的意思，表示井原西鶴文體既韻又散的兩面特質。

12「假名文字會」成立於一九二〇年代，主張廢除漢字、只用假名書寫。它的立意在於排除一般人學習方塊文字的困難，讓日文成為和西方語言一樣的表音文字。許多在政經和學術上具有高度聲譽的人們都是假名文字的支持者，因此「假名文字會」一直到六〇年代仍然在日本的國語政策上占有重要的影響力，也主導了戰後日本削減常用漢字字數的政策。

13在此採用錢稻孫譯本：錢稻孫譯《近松門左衛門作品選／井原西鶴作品選》，光復書局，一九九八年八月，二十六頁。《曾根崎鴛鴦殉情》為日本傳統戲曲淨琉璃和歌舞伎的劇目之一，此處引用的段落故而包含了說書和唱曲的部分，原本應在引述時分別標示出來，但本文的主要關注是散、韻的特質，是故在引用時省略了說書部和唱曲部的分別，而當做連貫的文章。

14 王啟元譯《好色一代男》，臺灣商務印書館，一九九八年十月，44～45頁。山東文藝出版社授權出版中文繁體字本。文中譯註為王啟元原註。

15 二葉亭四迷（一八六四～一九〇九），本名為長谷川辰之助，曾抄譯諸多俄國作家的作品，也深受俄國十九世紀文學的影響。他的小說《浮雲》描繪了人物的性格與心理，一反過去日文小說僅專注刻劃浮表的世態人情，被譽為現代寫實小說的先驅。但其實二葉亭四迷自己對於心理描寫的價值並沒有十足的確信，小說也以未完告終。

16 川路柳虹（一八八八～一九五九），日本口語自由詩的先驅者之一。

17 這裡強調的是日常生活的一般語彙都被翻譯名詞取代的現象。「情感」（日語原文為『感情』）是心理學「emotion」的翻譯，而「認識」則是哲學上的概念，由「Cognition」翻譯而來。

18 Paul Claudel（一八六八～一九五五），法國詩人、劇作家、散文家。

19 Jean Giraudoux（一八八二～一九四四），法國作家、戲劇家。

20 Federico Garcia Lorca（一八九八～一九三六），西班牙詩人、劇作家，被譽為西班牙最傑出的作家之一。

21 「中世」是日本進入二十世紀以後，仿傚西洋歷史學所做的年代區隔。西洋史中「古代—中世—近代」的概念來自文藝復興時期的思想，將基督教會統轄社會人心的時代定義為思想未受啟蒙的「中世」。日本的歷史年代基本上強調皇室的連續性，因此即便是在幕府掌握政治實權的時候也是以天皇的年號紀年。明治維新以後受到西化的影響，開始出現以首都所在地區分歷史的方法，例如「奈良時代—……—江戶時代—東京時代」，以及移殖西方概念的「古代—中世—近世」。日本史上的「中世」又稱「中古」，一般指的是兵家爭鳴的鎌倉時代和室町時代。

3 小說的文章

兩種範本

據說要懂得吃，必須先吃過許多好菜；要會喝得先嘗過上乘的好酒，而若要培養鑑賞的眼光，就要去看最好的繪畫，這大概是一切嗜好的準則，不管原來的感覺靈不靈光，先藉由品評最上乘之物得到磨礪之後，就能養成對劣質品的判斷能力。這裡，我想讓各位讀讀兩篇對比分明的文章，一篇是森鷗外《寒山拾得》的一節，另一篇是泉鏡花《日本橋》的一節。

閭氏喚了女孩，命她取來一缽剛打上來的水。水來，僧人將水置於胸前，目光直視閭氏。水清淨與否其實無關緊要，清水或茶亦無所謂。端上來的水湊巧不是髒水，這是閭氏的僥倖。他被僧人凝視了一段時間後，心神不知不覺專注在僧人手裡捧著的水上。

森鷗外《寒山拾得》

「那是給客人嘗的。」

「什麼？」

「那個糖果。」

遲遲的春日底下，賣糖果的正打著呵欠，把一張嘴拉得老長。幾個調皮的毛頭小孩由七、八個十一、二歲的領頭，在路口的糖果店前玩推擠遊戲，手裡還握著紅的、黃的、紫的色彩鮮豔的螺貝陀螺。

在這距離日本橋不過一條街的小巷子裡，撒在地上的水漬只剩下如夢一般蒼白的痕跡，彩色的陀螺變成了一隻又一隻的蜜蜂和彩蝶，彷彿縱身就能飛起，可是一放手，卻成了悶聲鼓噪的蒼蠅，嘈雜不已。

側耳諦聽著這些聲音的，是一個在陽光底下犯憂愁的花樣少女。她還年輕，正在牡丹盛開般的青春年華，卻在島田髻的幾絲散髮中藏著一抹暗影……衣服看樣子是剛剛放寬過的。身材和體型已經豐滿起來了，卻還穿著黑襟的條紋單衣，身前繫著的是友染的罩衫和同色的和服腰帶，朱紅色的繫帶使她看起來還像小女孩般純真可愛。或許是打算去去就回，一雙小巧的腳只穿了廚房的拖鞋、也沒撐陽傘，兩手拿著以紅和淺黃彩繪的畫糖鳥和碎糖的紙袋要送去熟識的店家。

泉鏡花《日本橋》

《寒山拾得》的故事是說有個神祕的僧侶去拜訪一位姓閭的地方官，表明要為他醫治頭痛宿疾，引述的部分是僧侶為了施術而向閭氏要水的橋段。《日本橋》摘錄的則是故事開頭的一段。

《寒山拾得》是短篇小說，《日本橋》則是長篇，除了這個顯而易見的差別之外，這兩篇文章也是對比分明的文章，任誰讀了都能察覺它們是現代日本文學當中最具代表性的對比。首先，這兩篇都是上乘的文章。森鷗外的文章建立在漢文修養的基礎上，簡潔、乾淨、不假修飾，尤其令我佩服的是「水來」一句。「水來」是漢文的用法，森鷗外文章的味道就在這個地方。換做一般歷史作家來寫的話，在閭氏命令女孩取一缽剛打上來的水，在水端上來的時候絕不會用「水來」來敘述，更別說業餘作家會寫得出來。能這樣近乎冷酷地裁剪現實、捨棄一切不必要的枝節，不刻意經營卻能呈現絕佳效果，正是森鷗外的獨到之處。在森鷗外的作品裡頭，極盡奢華的人可以自然地將華麗的衣裳穿在身上，卻讓人不見奢華，仔細瞧才會發現，那些不顯眼的便服若不是上等的結城紬就是久留米絣[1]，同樣，若非老練的讀者絕不能了解箇中滋味。「水來」一句凝聚了文章的要義，各位若是在坊間的通俗文學作品裡看到上述橋段，那敘述可能會變成：

閻氏喚女孩去取一鉢剛打上來的水。不一會，女孩胸前的紅色帶子就從長廊盡頭浮現，帶著小女孩啪搭啪搭的腳步聲，將盛了水的鉢小心地捧著送來了。那水或許是反射了庭園的綠光，在女孩的胸前亮晶晶地搖動著。僧侶對女孩看也不看，只是用一種令人感到不祥的眼神盯著這碗水。

以上是我寫來作為劣等文章的範例。這種文章把森鷗外用「水來」一句就帶過的一切，拉拉雜雜地塗上了想像的情境、人物心理、作者恣意的詮釋、對讀者的諂媚、性的挑撥等等。時代小說作家也常有這種通病，在描寫古代的情景時往往帶進現代人的感覺，因為他們受不了古代的傳說故事總是那麼言簡意賅，非得用現代的感覺厚厚粉飾一番不可，原本簡單扼要的中國傳奇故事，經過他們添油加醋之後就失去了原來清楚的輪廓，比方說衣著好了，描寫得愈多反而離我們的感覺愈遙遠，彷彿看圖說故事一樣。然而森鷗外不加修飾地只用「水來」一句表達，傳奇故事的力道和明朗就歷歷在眼前了。透過漢文直截了當的表達方式，反而令我們對這個故事所述說的世界，有了身歷其境的感受。

這樣的寫法當然也出於森鷗外個人的氣質，使得他的現代小說具有如此風味。森鷗外不能忍受任何的曖昧不明，他的精神是描寫這個裝了水的鉢若不能彷彿就在眼前，沒有產生促使人伸手取來的力量便沒有一看的必要了。他的文字只會用在這種地方，用多餘的想像污染文字，只會讓作品裡的物象變得模糊不清而已。有人問起寫文章的祕訣，據說森鷗外的回答是：一是明晰、二是明晰、三是明晰，這是作家森鷗外對文章的一種絕對態度。斯湯達爾以《拿破崙法典》為範本，創作出難得一見的清晰文體而聞名，這種清晰明快的文章是新手最難模仿，滋味盡在幽微之處，和枯燥乏味只有一線之隔，卻又相去不只千萬里。赫伯特．里德[2]曾經針對霍桑的文章有過一段評論，我認為是對「明晰的文章」非常清楚明白的定義：

> 經常聽人說，創作好文體的訣竅在於清晰的思考。沒錯，清楚的邏輯絕對可以避免許多壞文章經常落入的陷阱，但要兼顧散文藝術，還需要其他的特質。例如，跑得比思考還快的眼睛，或是對文字特有的音調、粗細，乃至其歷史的感官感受度也是必要的。另外還有一種特質，那代表著對整體情況擁有完全知覺的某種能力。綜合了這些特質，便甚至能夠在語言和文章之上完成一個更大更持久的整體。

赫伯特．里德所說的「代表著對整體情況擁有完全知覺的某種能力」，正是森鷗外文體的祕密，也是斯湯達爾文體的祕密所在。若不具備這種知覺，就算致力寫出明晰的文體，也會變得索然無味、單調沉悶。明晰的文體、邏輯清楚的文體、直截了當不假修飾的文體、乍看之下和水一樣無味的文體裡有詩，就像水裡看似無物，實則在H_2O的化學方程式裡蘊涵了詩的終極元素。它不是肉眼可見、光彩奪目的詩，而是壓縮成元素、精鍊到底的詩，因而詩才是這種文體的真正魅力，也正是赫伯特．里德所說的「整體的知覺」，它和詩人常說的「來自宇宙的感覺」，或許也有共通之處。

接著再讀泉鏡花的《日本橋》，就會發現我對森鷗外文章感佩不已的要素，在這裡一個也看不到，反而和我方才所改寫的差勁文章，在各個方面多所類似，於是在這之前，我對森鷗外的讚揚到這裡彷彿都成了對泉鏡花文章的貶抑，但實際上並非如此。泉鏡花文章的美學和森鷗外完全背道而馳，這種美學推展到極致，就遠遠超越了我剛才改寫的差勁文章。泉鏡花的世界充溢著絢爛的色彩，對感官所追隨的事物很誠實地留下追溯的足跡，他並不對任何單一的事物有明確的表達，然而他的文章整體卻誘引讀者進入一種純粹而持久的愉悅。被吸進這種文體之中的讀者無法看清楚其中的每一件事物，乃是一次又一次地讓繽紛的文字眩惑自己的眼睛，沉醉於一種理性的酩酊裡。我稱它為「理性的酩酊」，是因為小說畢竟是語言的藝術，無論如何都得透過語言、透過文字才能掉入它所媒介的感覺，因此終歸要仰賴理性的運作，而泉鏡花的文體帶給我們這種理性所能獲致的、最大程度的陶醉。泉鏡花除了自己以為美的事物以外，其餘皆視而不見，因此對他來說，事物的存在與否並不具有任何意義，就算這裡存在著這一個盛著水的缽，如果泉鏡花覺得它又舊又髒算不上好看，便會毫不留情地徹底忽視它的存在，只把感情和思想專注對著他認為美的事物，從不一樣的路徑投入先前赫伯特．里德所說的「整體的知覺」。

如果把森鷗外的文章稱為太陽神阿波羅式的文章，那麼泉鏡花的文章就是酒神狄奧尼索斯式的文章了。從傳統文學的分類來看，泉鏡花的文章不屬於漢文的系統，而是日本原生的文學，是江戶時代的戲文、俳諧的精神（特別是松尾芭蕉之前的談林風俳諧[3]的精神），以及日本中世以來反覆陳述的各種人生觀的結合，日本文學所有的官能傳統可說在泉鏡花的世界裡開花結果。泉鏡花的文章雖是小說作品，但他追求的既非人物性格，也非事件本身，而是作者自己的一種美感告白，泉鏡花的文體全繫於此，除卻這一點便不能成就泉鏡花的世界。偏偏從另一個角度來看，它和差勁的文章也有幾分相似。先前我改寫以作為範例的壞文章，壞就壞在寫作者並未誠實地細察自己的感覺、想討好讀者，採用半調子的寫實主義和半調子的想像力，以與世間之普遍妥協的心態寫作；如果能夠像泉鏡花一樣，把自己的個性揮灑到極致，相信也能夠成就出一種文章的典範。

上一章曾經提到普魯斯特的文體看起來和傳統的法國文學大相逕庭，後來卻成了法國文學中重要並且具有代表性的文體之一，或許有一天我們也可以看到類似普魯斯特的例子在日本發生，不過泉鏡花和森鷗外的情況並不是這樣，因為泉鏡花的文體屬於日本文學的傳統之一，而森鷗外也承襲了另一個傳統——即漢文的傳統而來。我之所以在開頭分別引用了兩段他們的文章，就是為了要點出之前提到的男性文字與女性文字的傳統、邏輯的世界和述情的世界各自對立的情況，在現代文學的森鷗外和泉鏡花當中依然歷歷可見。其他作家的文體就像星座一樣居處於這兩個極端之間，這當中有各式各樣的折衷，也出現各自的變種。

還有一個問題是，森鷗外的文章是短篇，而泉鏡花的是長篇小說。森鷗外畢生沒寫過真正的大長篇，不免令人猜想，像他那樣絕頂理智又頭腦明晰的人，是否很難寫得出真正的鉅著，一如保羅．梵樂希[4]沒有一連幾冊的鉅作，森鷗外也沒有。如果他腦海中的世界已經壓縮成無比明確又單純的形態，那麼再虛填幾張稿紙也無益，只是在浪費文字而已。雖然還稱不上是禪宗的「不立文字」，森鷗外極度節約的文體就像中國古人所說的惜字如金，實在不適合寫洋洋灑灑的長篇。《澀江抽齋》算是森鷗外最長的作品之一，已經是這種簡潔文體所能拓展到的篇幅極限。因為極度精鍊，人生的波瀾也高度濃縮在其中，使得作品就像純度太高的精華液般，一般讀者嘗起來只覺得苦；可是若將《澀江抽齋》的短短一行放進水裡，醇厚的精華馬上就擴散開來，成為容易入口的飲品，任誰都覺得好喝。只不過，這樣稀釋過的鷗外就不再是鷗外了。森鷗外的文章是在極度簡潔的基礎上創作出來的短篇小說，也是專為小品而寫的文體。志賀直哉的文體與此也相當類似，他真正的長篇小說只有《暗夜行路》一部，且是經年累月推敲又推敲之後才寫出來的[5]。

相較之下，泉鏡花的文體就太適合寫長篇小說了。它像一道流水，水上彷彿灑著花瓣，看來有各種鮮豔的色彩一路華麗前行。其中，作者也和讀者一樣隨著自己文章的水流漂流，還帶著一點微醺的陶醉。泉鏡花的故事沒有核心的思想主題，也沒有理智的牽絆，因此得以推展出森羅萬象而綿延不斷的物語世界。谷崎潤一郎的文體在某個意義上也是如此，和泉鏡花相較之下，他的作品更寫實，在文學傳統上受平安朝文學的影響叨叨絮絮地述情，同時又善於在作品中重現龐大的現實世界，最好的例子就是他的鉅著《細雪》。

短篇小說的文章

日本的短篇小說在世界上也算是獨樹一格。雖然當中也吸收了愛倫坡的知性短篇和莫泊桑那種寫實主義的傳統，但就像我在第二章提到的，日本文學散／韻文不分的特質，使得日本現代短篇小說在形成時出現了重大的特徵，亦即歐洲的現代詩人以詩來表達的內容，日本的現代作家則是在短篇小說中傳達了。因此日本短篇小說中的極品，相當近似於歐洲的散文詩，有些像歐洲的「小品」（conte），不在乎故事性，只是單純描寫作家以詩人之眼所見到的心象風景；或是像梶井基次郎的著名短篇《檸檬》那樣，把一顆檸檬寫得歷歷如在讀者眼前，只為留下鮮明的印象。

西洋對短篇小說的分類有「novelette」——這是相對於長篇小說「roman」或是「novel」來說的；有「short story」，也有來自法文的「conte」。英語系的「short story」在概念上涵蓋的範圍甚廣，不分性質從高度文學性的短篇，到逗趣的通俗故事都可以歸在此類；法文的「conte」亦然，舉凡維利耶[6]的哲思短篇（如《冷酷的故事》）、福婁拜《三個短篇》那樣純藝術般的作品，或者莫泊桑的許多故事，只要是首尾連貫、有簡單的情節，並在篇末完整結束的短篇都屬於這種文學類型。相較之下，「novelette」的篇幅稍長，算是具備長篇結構的短篇。

日本人在報刊雜誌的影響下，傾向把短篇小說視為一種具有獨特藝術性質的文學形式。日本人是可以在短小的句子上投注高度藝術質感的民族，短歌和俳句就是其中之最；到了近代，日本人更發現短篇小說這個絕佳的形式，在其中投注了高度的藝術理念，使得日本的短篇小說達到了與西歐的詩作幾乎等同的地位。在日本這種缺乏韻律的國度，有詩才的作家無法從以口語文寫作的現代詩中得到滿足，於是轉行成小說家，在短篇小說裡孕育詩的結晶，這類例子比比皆是。所以說，在日本人稱為作家、小說家的人裡頭，多的是純粹的詩人，被譯介到國外時，稱之為「poet」（詩人）往往比稱「novelist」（小說家）還要貼切。川端康成、堀辰雄、梶井基次郎堪稱其中的代表。

在川端的作品當中，《反橋》、《時雨》、《住吉》三篇小說就是純粹的詩，在中世風的詩情當中編織似有若無的故事。閱讀這些作品時，讓人感覺不是在讀小說，倒像在讀詩。

入秋之後，有時早上的天色就如日暮般陰沉，到了夜裡便下起秋季常有的時雨，昨日便是如此。明明知道東京的方圓這一帶還不會下起樹葉都打落的陣雨，我卻無論如何聽到了雨聲中夾雜著樹葉掉落的聲響。時雨總令我想起日本古典的哀愁，因此我拿起時雨詩人．宗祇的連歌想藉此忘掉耳邊的聲響，讀著讀著竟然還是聽見了雨打葉落的聲音。現在離葉落的時節尚早，我的書齋屋頂上也沒有會掉葉子的樹，這麼一想，那落葉的聲音莫非是幻覺？這念頭令我難受，再仔細傾聽，便再也聽不見落葉的聲音了。可是當我回到書前讀著，落葉的聲音又再度清晰起來，我不禁打了寒顫，因為這落葉的幻音彷彿自我遙遠的過往迴盪而來。

川端康成《時雨》

在不經意的詠嘆當中，川端的文章不像森鷗外那樣極度精確地明指事物，也不像泉鏡花那樣用各種修辭來裝點作者主觀的感覺，只是淡淡地陳述他的情思，但在深處卻隱藏著深沉的抒情式悲傷，還有陰森的鬼影。川端的這種文體完成於《雪國》之後，自此他的文章愈寫愈不像小說，卻是一部好過一部，真是不可思議的現象。

再看看梶井基次郎的短篇《蒼穹》裡的一段：

三月半時候，我常看見滿山覆蓋的杉林裡冒出火災般的煙，那是杉林在日照充足、溫度與溼度都剛好並且起風的日子裡，一齊送出的花粉煙幕。可是現在，已完成受精的杉林罩上了一層褐色，而早前發嫩芽時出現瓦斯般煙霧的櫸和櫟，也都有了初夏時節的濃綠。新壯嫩葉帶著各自的綠蔭形成一片瓦斯般夢境的盛景已經不再，只有溪間鬱鬱蒼蒼的栲樹林在不知第幾度的發芽時節裡灑上了一層黃粉。

梶井基次郎《蒼穹》

梶井基次郎雖受志賀直哉的影響，卻也積極地拋棄志賀那種對現實的關注，強烈突顯他詩人的一面，將每一部作品提升到象徵詩的高度。在這裡引用的段落，乍看之下是現實的素描，實則是作者敏銳神經所感受到的心象風景，作者在誠實而細膩地觀照下，同時讓自然的事物超越主觀，帶著象徵的色彩呈現出來。《蒼穹》這個短篇有點德國浪漫派作家尚·保羅[7]的味道，它寫的是「我」在廣大的自然風景中，看著雲持續在變化，漸漸地感覺到那片雲所融入的藍天彷彿深淵，然後竟覺得藍天本身就像深淵一樣幽暗了。這個短篇描寫的雖然只是一次奇異的體驗，從中卻透露出超越風景描繪之外的一種精神上的深淵。這不是題材使然，而是梶井的文體所形成的效果，他為日本文學創造了一種綜合了感性與知性、難得一見的詩人式文體。

她的臉龐有古典式的美，那薔薇般的皮膚飽滿欲滴；笑的時候，笑容也只是輕輕淡淡地掛在臉上。他總是在私底下偷偷地稱她是「魯本斯的偽畫」。

當他目眩神馳地看著她時，他感覺到前所未有的新鮮，那是他未曾有過的感受。於是，他專注地看著她的牙齒、專注地看著她的腰，他專注地看著的時候，隻字不提生病的事。

堀辰雄《魯本斯的偽畫》

堀辰雄的文章彷彿篇篇都蓋上了「堀辰雄製」的戳記般，帶著誰都能夠輕易辨識的特徵。一個作家的文體一旦具有如此明顯的特徵，作品世界就很容易有過分狹隘的危險，可是堀辰雄堂而皇之地貫徹他的特徵，在長期的臥病療養中仍然固守住自己的藝術世界。他通曉法國文學，在新精神派（Esprit Nouveau）作家的影響下踏上文學之路。他的文章乍看之下雖與日本文學的傳統相去甚遠，但他的文體和泉鏡花相似的程度，還遠高過他後來傾心的平安朝女流日記的文體。從這裡引用的文章就很容易看得出來，堀辰雄只汲取自己喜愛之物，集中筆力描寫自己覺得美的事物，用自己喜歡的詞彙編織成一個漂亮的花籃。他雖然也寫過《菜穗子》這樣的長篇作品，但本質上仍是一個短篇作家；他的文章是以偽裝成明晰的感覺之詩，表面上像法國文學那樣清楚明白，卻沒有森鷗外那般強勁的力道能讓物體清清楚楚地顯現自身的樣貌。

我差點忘了一位非提不可的人物——芥川龍之介。他向來被稱為日本現代文學裡最典型的短篇小說家，不過我倒認為，與其只因他的文章長短而稱他為短篇作家，不如說他是短篇小說其中一種形式的完成者。他把西歐「小品」的概念移植到日本來，並獲得百分之百的成功，他的文章是在這種形式的帶領下顯得簡潔，但這份簡潔並非發自內心的要求，而是出於他對於這個文類的潔癖性格，因此帶著一股學究味。他的文體不是出於本然，有一種刻意為之的情調。芥川幾乎沒有什麼個性獨具的文體，他憧憬森鷗外文體的同時，又逃不開現代都會人細膩的品味，這反而造就芥川文章清新脫俗的趣味，讀讀以下《將軍》裡的一小段就能夠體會：

有一小段時間，父子之間維持著尷尬的沉默。

「是時代不一樣的關係吧！」

少將終於開了口。

「嗯，大概吧……」

青年這麼應著，他的眼神突然像是在傾聽著窗外的動靜。

「下雨了呢，父親。」
「下雨？」
少將把腿伸直了，貌似高興地把話頭一轉：
「可別再把榲桲打下枝子才好……」

芥川龍之介《將軍》

以下再分別從東西方各選一篇可以做為短篇小說典範的作品，希望讀者可以從中細細品味短篇小說是什麼模樣。

《夏天的鞋》

川端康成

馬車上的五名老太婆雖然不時地打盹兒，還是議論著今冬桔子豐收的景象。馬兒像是在追趕海鷗，搖擺著尾巴在奔馳著。

馬車夫勘三很愛馬兒，而且在這公路上擁有八人乘坐馬車的就僅有勘三一人。他總是把自己的馬車揩拭得比行駛在這公路上的所有馬車乾淨，甚至到了神經質的地步。車子快要爬坡，為了減輕馬兒的負擔，他從駕駛台上機敏地跳了下來。跳下來，又機敏地跳上去，動作是多麼輕巧自如。他沾沾自喜。就算坐在駕駛台上，憑著馬車的搖晃勁兒，他也能感覺到有孩子在車尾上扒車。他敏捷而輕巧地跳下車來，劈頭蓋腦毆打那些扒車的孩子。所以，公路上的孩子最注意勘三的馬車，也最害怕勘三。

可是，今天他怎麼也逮不著孩子，無法逮著像猴子般扒在車尾上的現行犯。要是平時，他機敏得像一隻貓，輕巧地跳下車，讓過馬車，冷不防給扒車的孩子的腦袋飛去一拳，然後得意洋洋地說：

「笨蛋！」

他又一次從駕駛台上跳了下來，這是第三次了。一名十二歲的少女緋紅著臉頰，三步並兩步地疾跑過來，雙肩顫動，氣喘吁吁，兩隻眼睛閃閃發光。她穿一身粉紅色的洋裝，襪子滑落在腳跟，沒有穿鞋。勘三直勾勾地盯視著少女。她卻把視線移向大海，拚命地追趕著馬車。

「嘖！」

勘三咋了咋舌頭，回到了駕駛台上，心想說不定這鮮見的有氣質而美麗的少女是要到海濱別墅去呢，而對她有點手下留情了。可他一連三次跳下車都沒有逮著她，著實惱火。這少女已經扒在車尾走了一里多地了，實在可恨。勘三揚鞭抽打心愛的馬兒，加快了速度。

馬車進了一個小村莊。勘三使勁吹響了喇叭，馬車愈跑愈快。回過頭來，只見少女挺起胸脯，肩上披散著秀髮奔跑著，手裡還拎著一雙襪子。

一忽兒，少女又像是被馬車吸引住了。勘三回首透過駕駛台後的玻璃一看，發現少女很快蜷起身子，但勘三第四次跳下車的時候，少女已經離開馬車，邁步走了。

「喂，上哪兒？」

少女低頭不語。

「打算扒車到海港去嗎？」

少女還是一聲不言。

「是去海港嗎？」

少女點了點頭。

「瞧瞧你的腳，腳呀！都淌血了？真是個倔強的小妞。嘿，你呀。」

連勘三也皺起了眉頭。

「就載你一程吧。坐在車子上，扒在那兒，會加重馬兒負擔，算我拜託你坐進車子裡吧，我也不想被人當笨蛋耍。」

勘三說著，把車廂的門打開了。

過了一會兒，勘三從駕駛台回過頭來，只見少女也不去拉一拉她那被車門挾住的洋裝下擺，她方才那股倔強頓時消了，靜靜地、羞愧地低下了頭。

走過相距此地一里遠的海港之後，在回程的路上，這少女不知從哪兒又追趕起馬車來了。這回勘三誠摯地給她打開了車廂的門。

「叔叔，我不願意坐在車裡，我不想坐在車裡呀。」

「瞧你腳上的血，血呀！襪子都染紅了，不是嗎？可不得了啊，小妞。」

緩緩爬行了二里坡道的馬車，快到原先的村莊了。

「叔叔，讓我在這兒下車吧。」

勘三偶然向路旁一瞧，看見一雙小白鞋在枯草上白花花的綻開了。

「冬天也穿白鞋嗎？」

「哪兒的話，我夏天就到這兒來了。」

少女穿上鞋，就像一隻頭也不回的白鷺似的，飛快跑回到小山上的感化院去。

8

《特雷德的珍珠》

梅里美

是誰說破雲東昇的太陽比西沉的夕陽美好？是誰曾經問我，樹林中最美的是橄欖還是杏桃？是誰曾經問我，瓦倫西亞人和安塔露西亞人誰比較強？又是誰問我，女人當中誰最美麗？讓我告訴你，最美麗的女人是誰，她是瓦爾格斯的歐羅蕾、特雷德的珍珠。

黑人曲札尼說舉起你的矛！拿起你的盾！他的矛握在右手，盾牌掛在脖子上。他來到馬廄，將四十頭牝馬一匹一匹仔仔細細地看過，然後說了：

「柏加最是驍勇，我要讓牠載著特雷德的珍珠回來。若不成功，阿拉見證，我將永遠離開科爾多巴！」

曲札尼策馬出城，來到了特雷德。他在札卡丹附近遇到了一位老人。

「白鬍子的老人啊！請將這封信送給鳩提埃爾大人，記得，是薩爾達尼亞的鳩提埃爾大人。他若是個男子漢，就會到亞爾瑪米的泉水邊和我決鬥。特雷德的珍珠不是他的就是我的。」

老人收下了信。他收下信之後就去找薩爾達尼亞伯爵，那時伯爵正和特雷德的珍珠下著棋。他看了信，是曲札尼下的戰帖。伯爵大力拍了桌子，棋盤上的棋子因此都倒了下來。接著他站起來，叫人備來了矛槍和駿馬；這時珍珠也站了起來，全身發抖，因為她意識到他是要決鬥去了。

「鳩提埃爾，薩爾達尼亞的鳩提埃爾大人，請留在此地，我懇求您，請您和我再下盤棋吧！」

「我不能再繼續棋局了。矛槍的鋒芒畢露，它準備好了在亞爾瑪米的泉水邊大幹一場。」

歐羅蕾的眼淚終究沒能留住他，沒有任何事物能夠留住正要前去決鬥的騎士，於是特雷德的珍珠罩上斗蓬、騎上了一匹騾子，她也朝著亞爾瑪米的泉水前去。

泉水周圍的草地上已經染成了紅色，泉水也染上了鮮紅。可是浸紅了草地、染紅了泉水的並不是基督教徒的血，躺在地上的是黑人曲札尼，鳩提埃爾大人的矛斷在他的胸口，他全身的血液就這麼一點點、一點點地流到地上。牝馬柏加流淚望著他，牠對主人的傷勢無力可施。

珍珠下了騾子，對他說：

「騎士啊！請安息，你將在永遠的生命裡迎娶美麗的摩爾女人。讓我的手來撫平我的騎士在你身上造成的傷口。」

「哦！白皙的、潔白的珍珠。哦！如此美麗的珍珠！請將矛鋒從我的胸口拔出來吧！鋒尖的冰冷撕裂我的胸膛、冰凍我、令我顫抖。」

她走近曲札尼，完全不疑有他。曲札尼得到了力量便拿起刀來，刺向了她萬分美麗的臉龐。

長篇小說的文章

日本很難產生像歐洲文學那樣壯大的長篇小說（Roman）。就如同我在上一章裡提過的，日本文學裡男性文字和女性文字各擅其場，可是真正的長篇小說必須同時具備男性的理智世界和女性的情思世界，兩者要達成辯證上的合命題。從我在本章開頭引述的幾段文章可以看得出來，日本的作家多多少少有偏重某一邊的傾向，所以至今尚未出現什麼作家能夠催生出真正的長篇小說。說實在的，日本還未曾有過任何西方定義上的「長篇小說」。

不過，文學倒也毋須拘泥非得歸在什麼分類不可。撇開西方的定義不看，《源氏物語》未嘗不是一部偉大的長篇小說，從篇幅長度來看的話，報紙上連載的小說更是一部厚過一部，在週刊上連載個一年，幾乎就可以達到相當驚人的小說字數了。

長篇的文章不是愈厚重豐富愈好，它的氣息長短、情感和思想都必須有源源流入讀者胸中的持續力。太過敏銳的感受、過於凝鍊得像詩、加強的效果接二連三、對自然美侖美奐的描寫、太過講究細節的文體，都不適合長篇小說，而氣質秉性屬於這類文體的作家，若要寫長篇小說也是自討苦吃。在這裡很難引用長篇小說的文章做範例，長篇小說的文章特性沒辦法在區區幾行當中看得出來，必須是在讀了一百頁、兩百頁之後慢慢有所體會，是以我在此就不引用了，希望各位能夠實際找部長篇小說讀讀看。

西方作家裡頭長篇小說文體最具特色的，我認為是巴爾札克、歌德和杜斯妥也夫斯基。他們都是天生的長篇小說作家，雖然同樣寫長篇小說，普魯斯特的文體卻密切反映著作者自身的氣質，與其稱他是長篇小說作家，不如說他是一個將其性格與命運灌注到作品裡的奇葩，根本超越了長篇或短篇這種單純的分類。此外，斯湯達爾也可算是奇葩，他乾淨簡潔的文體帶著強大的驅力，推展出了不起的長篇世界，不過我所認為典型的長篇文章，不是斯湯達爾這種才氣天成、一鳴驚人的特例，而是文體本身既符合作家氣質、又適於長篇小說發展的例子。就這點上來看，剛才提出的三位作家——巴爾札克、歌德和杜斯妥也夫斯基——真可說生來就是寫長篇小說的料子。讀過《愛的親合力》的讀者就知道，表面上歌德的文體淡而無味，卻往往出現極大的轉折，有條有理地鋪陳出他的思想。讀者剛進入他的小說世界時會覺得無聊，漸漸地眼界被開啟之後，就能看見遠方的森林和村落、灑滿陽光的湖面和牧場，在歌德流暢的筆下浮現出遼闊的作品世界。他絕不會像短篇作家那樣為路邊的野花和昆蟲的姿態一一駐足，只是專心致志地前進，帶領讀者來到位於終點，景觀開闊的觀景台。

理想的長篇小說文體就是不拘泥在故事本身，不受牽絆而悠然大器的。日本的作家很少具備這樣的文體，因此在這裡只能列舉國外的作家為例。巴爾札克的小說結構本身是長篇式的，就連他寫的短篇小說也帶著戲劇性的長篇式結構，比方說《藍傑公爵夫人》的開頭是漫長的修道院描寫，接著大大繞了個彎去寫聖傑曼街的貴族社會，就是遲遲不帶進故事主軸，可是讀者一旦跟上了巴爾札克文體的脈動，就可以感覺到像貝多芬音樂般豐沛而洶湧的能量正帶著自己往前推進，這就是我說的不拘泥故事本身的精神，這個世界上大概再也找不到第二個像巴爾札克那樣的作家了。他完全不在意小說當下的內容和細節，也完全不按步就班地照著計劃好的故事大綱走，讓小說就像人生一樣走一步算一步。而讀過杜斯妥也夫斯基《卡拉馬助夫兄弟們》的讀者大概就能體會，杜斯妥也夫斯基那種俄國人典型的富於朝氣——在某層意義上是魯鈍——的文體，是多麼不協調地在支撐著表面看來相當敏銳而神經質的主題。對日本人來說，最難養成的就是這種肉體上能量的持續，以及某種大而化之的魯鈍了。

> 在日常生活中，我們經常遇上在史詩中慣稱為詩人藝術技巧的東西。當主角遠離、藏匿、不再行動時，便立刻有第二位、第三位、或迄今不受注意的人來填補位置，盡其才全力施展，同樣值得我們注意、同情、甚至稱讚和褒揚。
>
> 就在上尉和愛德華離去後，那位建築師顯得一天比一天重要。工程安排和執行全靠他一

人，他表現得十分謹慎、專業和勤奮，又隨侍在兩位女士身旁，娛樂她們平靜漫長的時光。他儀表堂堂，給人信賴和喜愛，並且是位十足的好青年。他的體格健壯修長，卻有點過高，謙恭而不易怒，可靠卻不纏人。他欣然承擔所有操勞與努力，又擅長精打細算，不久便對整個家務瞭若指掌，帶來的良好影響普及各角落。通常都是由他接待來客，他知道應否拒絕不速之客，或至少該讓兩位女士有所準備，以免引發她們不適。在諸多客人中，有天一位年輕的律師為他帶來不少麻煩。他被鄰近的一位貴族派來磋商，事情雖然並不特別重要，卻打動了夏洛蒂的心。我們必須提起這件意外，因為它引發許多大小事情，否則也許長久都無人過問。

我們還記得夏洛蒂變動教堂墓地，所有石碑都從原處挪開，依次放至牆邊和教堂廣場的基座旁。現在騰出的地方被剷平，除了一條通往教堂和經過教堂通往另一側小門的寬敞道路外，其餘空地上種植了各種苜蓿，生長得一片翠綠，繁花似錦。新墓坑應依照秩序從教堂墓地尾端排起，而在棺材入土後，墓坑仍需填平並且同樣種上苜蓿。沒有人可以否認，這安排使人們在星期天或節日前往教堂的路上可以看見愉快莊重的景色。墨守陳規的老教士起初對此不以為然，當他在古老菩提樹下像菲萊蒙與他的鮑茜絲坐在後門休息時，映現在眼前的不再是起伏不平的墓地，而是一片絢麗的彩色地毯，他開始感到欣悅。況且這也利於他的家計，因為夏洛蒂將這塊地的收益都給了他。

儘管如此，教區裡某些人仍對此舉感到不滿，因為標示他們先人安息之地的碑石被挪動，懷念之情彷彿也隨之煙消雲散，因為保存良好的碑石雖然清楚標示了埋葬者之名，卻沒有標明他葬在何地，許多人強調，標明埋葬處才是重要。

鄰戶人家便持有這種看法。這戶人家在多年前為自己以及其親屬捐贈一筆小額款項給教堂，從而在這片公共墓地上獲得一塊空間。這位年輕律師正是這戶人家派來取消捐款，並聲明以後不再繼續付款，因為單方面違反了迄今履行的條件，各種抗議和反對都遭置之不理。夏洛蒂乃是此事的主使人，想要親自和這位年輕人談話。年輕人的來意雖強烈，但在陳述他與事主的理由時卻不莽撞，有些地方確實值得考慮。

歌德《愛的親合力》第二部第一章[9]

1「紬」和「絣」都是和服的一種分類，茨城縣結城市所產的「結城紬」，以及九州地方久留米藩為名的「久留米絣」，因為質地樣式素樸而古拙，在江戶時代不尚華麗的風氣底下，反而成為富貴之家為了顯示品味而喜好的衣著。「紬」是次級蠶絲製成的和服，因為生絲纖維不若上等蠶絲綿長，布料上常見成團的絮狀碎蠶絲，不像高級的蠶絲布那樣滑順有光澤；而「絣」是染布的一種圖樣，通常是深色底泛白色的圖樣。「久留米絣」原本是將穿舊的藍染布拆散與新布混織後出現的泛白花紋，和「紬」一樣，本來都不是高級品，只因為符合江戶人崇簡、喜拙的品味，在原來的技術上逐漸精緻化，成為一種「看不見的奢華」。

2 Sir Herbert Edward Read（一八六三～一九六八），英國詩人、藝術與文學評論家。

3「俳諧」是「俳諧連歌」的略稱，室町時代末期開始在庶民之間流行。「俳諧」將俗語放進連歌當中，並藉由諧音、聯想等文字遊戲增添詩句的趣味性。「談林風俳諧」為克服俳諧過於強調文字上的諧趣，而往往流於輕薄的弊病，著重表達一般民眾的思想與情感。

4 Paul Valery（一八七一～一九四五），法國詩人、評論家。

5《暗夜行路》的初稿於一九一四年寫成，一九二一年才得到刊載的機會，在一九二一年一月到八月的《改造》雜誌上連載了前篇的內容。後篇自一九二二年起斷斷續續在該雜誌上刊載，直到一九三七年四月才完結，從第一次刊載的時間算起的話，共耗時十七年。

6 Villiers de L'Isle-Adam（一八三八～一八八九），法國詩人、小說家和劇作家。

7 Jean Paul（一七六三～一八二五），德國浪漫文學先驅。

8 葉渭渠譯《掌中小說》，木馬文化，二〇〇二年二月，105～107頁。

9 在台灣可見的譯本有：歌德《愛的親合力》高中甫譯，商周出版，二〇〇五年。這裡引用的段落來自該書第136～137頁。

4

戲劇的文章

在談戲劇的文章前，得先談談小說裡的對話和劇本有什麼不同。有些小說內含許多對話，例如谷崎潤一郎的《細雪》在美國翻譯成英文之後，便被冠上了「對話小說」（Conversation novel）的稱號。其實還有許多作品的形態介於戲劇和小說之間，例如歌德的《浮士德》，裡面天馬行空的對話以及第二部難以實際演出的問題，都不太像戲劇該有的樣子；再如許多不是戲劇卻用對話體寫成的作品，例如戈比諾[1]的《文藝復興》，還有法國十八世紀的對話體小說，都是介於戲劇和小說之間的中間型態。

沒有對話的小說常讓我們覺得無聊，敘述太長就顯得僵硬、沉悶。一般讀者會想看到對話，並非喜歡對話的緣故，因為若是遇上對話連篇的劇本，也會因為難讀而放棄。究竟為什麼會有這樣的矛盾？我記得一位美國作家曾經引述某位評論者的話，評論者的名字記不得了，他是這麼談論小說裡的對話：「小說裡的對話必須像大浪崩碎成白色水花時的泡沫，敘述的部分就像浪頭，浪從海上打過來，在岸邊崩解；浪推昇到最高、就要一舉潰散之際，就是該插入對話的時機」。

但小說的寫法畢竟不能定於一尊，每個國家各有自己的傳統，例如德國小說，就有將無止境高談闊論化作對話的傾向，過去的故事也多用對話來呈現，這給了德國小說獨特的風貌。俄國小說多像杜思妥也夫斯基的《卡拉馬助夫兄弟們》用漫長的對話進行艱深的神學議論，有效烘托出小說的主題。實際上，杜思妥也夫斯基小說裡的對話都不是單純的對話，本身就具有戲劇效果，過去在巴黎還曾經有劇團節錄《卡拉馬助夫兄弟們》的對話，不做任何增刪就搬上了舞台，也得到很好的迴響。杜思妥也夫斯基的對話和一般小說的不同，它具備辯證法的結構，因此在戲劇性的緊張和對立之下，為小說帶來激昂高調的戲劇效果；從這個意義上來看，《卡拉馬助夫兄弟們》既是小說，也是一部相當戲劇化的作品。後半部的法庭場面有冗長的庭上辯論，日本的讀者對於這種小說「對話」，恐怕是非常不習慣的。

日本的小說並不存在這種對話的傳統，對話多半相當平實，避免直逼小說核心或是過於戲劇性。日本小說插入對話的目的，彷彿是為了緩和長段敘述的難入口而佐以一兩滴對話的甜味，報紙上的連載小說堪稱其中典型。報紙的讀者不耐於過長的文章敘述和描寫，因此連載小說裡不時會插入「哦！是嗎？」「嗯，如您所言」這類無意義的對話，誘發讀者的真實感，因為敘述部分的描寫必須透過知性理解才能產生真實感，然而生活中耳熟能詳的日常對話，卻能直接把小說世界拉近到身旁。就日本小說而言，對話在文學裡並不占重要的地位，然而擅長寫對話的作家是有的，例如里見弴的短篇小說《山茶花》，幾乎全以對話構成，又如久保田萬太郎的小說，不但有許多對話，而且更富於寫實效果，這些栩栩如生的對話進一步加強了小說的寫實密度。

突然，那位客人開口了。

——呃……

我急忙轉身面向他。不消說，酒瓶和滷菜早就已經送到客人面前。

——在這張紙上題詩的作者，這個叫花杖的是什麼人？

客人端著酒杯問我。

——哦，那是……

我頓時慌張起來。

——「什麼是假的　什麼是真的　冰冷」沒聽過這種說法啊。

——讓您見笑了。

——不，這是好詩，很好的詩啊！哪位客人寫的嗎？常到這裡來嗎？

——不是客人，這是朋友寫的。

我無論如何沒有勇氣承認是自己的詩。

——您的朋友？

——是的。

——這個人還寫了什麼詩嗎？除了這個以外。

——還有「寒冷　一如屋頂下的杉皮」，在我開這家館子時送給我的。

——嗯，這句也不錯，寫得很好。他住這附近嗎？

——他是橋場某個廟裡的和尚。

——這附近有很多像他這樣寫詩的人嗎？

——橋場、今戶、玉姬町……光那一帶就有五、六人。

——這些人可有什麼組織？比如詩社這一類的？

——有一個叫「柴社」的組織。

——「柴社」？

——「鄉野亦燒柴　橋場今戶有早煙」。

——原來如此，是「梅之春」吧！

——這麼說，店名的「柴」該不會就是從這裡來的？

客人笑著說，

——是的。從詩社借光取的。

——店主您也是詩社同好吧？

——不，不，我不行，只是偶爾被邀了去湊個人數。

——不是吧！從您談吐也聽得出來啊。

一瓶酒過，客人已然爛醉，話頭也鬆了……

久保田萬太郎《背影》

現代作家當中，舟橋聖一在傳統的寫實對話方面也展現了高超的技巧，他的對話富於色彩，把女人的眼角流波、一顰一笑都寫得如在眼前。現今的作家已經不太把這種小說技巧當回事了，然而我們不能否認，舟橋作品的絕大魅力，正是來自於這些活靈活現的對話。

脇子又沉默了。然後，她冷靜地說：

「我明白了，那就依您說的吧！我同意。但您真的一點眷戀都沒有嗎？」

「我當然十分不捨，可該斷的還是得斷啊！」

「您真狡猾！」

脇子說著便走向他。當她的嘴唇湊近時，魚島像是狼吞想望已久的大餐似地，抱著她的頸子吸吮起來。

「不行嗎？」

「……」

魚島喘著大氣，臉已經紅透。

「妳這麼主動，我只能像個小孩似地被帶著走啊！」

「我從來沒想到自己竟然會這麼喜歡您。從早到晚，我想您想得發慌呢！我曾經以為自己只要順著男人就好了，女人就是這樣，人說男人的慾望比女人要強十倍，可女人其實也不遑多讓。」

「我完全敗給妳了。」

「那是一定的，您雖然膽小，卻是真情真性啊！對我來說，您是我思慕的對象，就算我有丈夫，您有太太和遊美子小姐這些事，都無法構成阻攔！」

啪答啪答地，雨下了起來。這點微不足道的雨聲便成了兩人緊緊相擁的藉口。

舟橋聖一《花菓》

這裡再談談小說裡的對話和劇本有何不同。首先，擅長寫小說對話的名家，未必就是寫劇本的名家。即便小說的對話和劇本一樣不外乎「是的」、「不」，或者「哎呀！怎麼這樣說！」「少來，別當我傻瓜！」「天氣真好哇！」這類的隻字片語，卻帶著截然不同的意義，因為在小說裡，作家必須在對話出現之前，預先鋪陳產生這些對話必然的心理和情境描繪，如果不是這樣，也要在對話結束之後緊接著說明它的心理和情境，讀者才能不被對話牽制，安心地往下讀。小說必須讓人信服，如果小說裡簡單的一句「是」或者「不」帶著重要的戲劇效果，那也是先經過充分的說明後才說出口，這麼一來，有沒有這句「是」或「不」其實是無所謂的。

另一方面，劇本對於對話出現的前因後果幾乎不做任何說明，讀者必須一一藉著想像來填補前後的空白。現在，劇本書仍是最難賣的書種之一，但其實多讀幾部劇本之後，就會發現它的趣味性更勝於小說，我在這裡說這麼多，無非也是希望讀者諸君能多讀幾部劇本。

假設這裡有個鄉村，附近某座小山的農舍裡住著一家三口。女主人已經不在了，只有父親和兩個女兒，不過這對姊妹不是同一個母親生的。

這樣的情節設定底下，如果是小說，又比如像森鷗外那一派的小說，就會在開頭直截了當把情節說明清楚：

這一家位在某縣的某村，從火車站徒步過去的話要走上兩里路。爬上一個又一個的斜坡之後，會看到杳無人煙的樹林當中矗立著一座陳舊的農舍，它孤伶伶的樣子使人感到無比寂寥。這個在當地被稱作山茶屋的房子周圍種滿了山茶樹，茶花成了妝點它唯一的色彩，陰暗的屋內安靜得聽不見半點笑語。這一家的兩個女兒正值花樣年華，卻一點都看不出來年輕的光彩；她們都穿著樸素，神色陰暗又沉默寡言，成天似乎只是在互相瞪著。這個家裡的女主人已經不在了，只有父親，而她們姊妹倆則是同父異母的手足。

寫到這裡，小說的基本設定都交代清楚了，就可以開始說故事。但如果是戲劇呢？在戲劇裡頭就會用對話來交代所有的情節設定，讓讀者了解故事的脈絡。舞台裝置當然也會是一種輔助，然而舞台裝置無法道出從車站到這個農舍的路途有多遙遠；演員的服裝也能透露一二，可是服裝雖能顯示富貴和貧窮，卻不能道盡複雜的人際關係。因此，這部戲的對話有可能是這麼開始的：

姊姊　現在幾點了？

妹妹　我不知道。

姊姊　不管問妳什麼，總是一問三不知啊。

妹妹　姊姊妳也好不到哪裡去。

（沉默半晌）

像這樣，先以迂迴的方式暗示了姊妹兩人不和。接著再從兩人竊竊私語談論父親的對話中，提到彼此對母親的回憶，由此暗示兩姊妹不是同一個母親所生。然後就可以聊到父親這天到縣府去，從那兒的車站出發得走幾分鐘到車站，會搭上幾點的火車，到站之後大約再一個鐘頭就到得了家云云，這是為了藉這段對話來說明車站到山茶屋的距離，又說明了此地偏遠，沒有巴士可以代步，只能走路回家。這個家庭的經濟狀況、這家人在村落中的地位等等，都要透過這樣的對話一一道來。所以我認為看戲遲到的觀眾一定會看得一頭霧水，因為開場之後的前十分鐘到二十分鐘裡的對話是交代全劇劇情最重要的部分。開場的對話平凡無奇，但其實已經在不著痕跡地交代全劇的劇情，它才是觀眾真正該豎直耳朵、仔細聆聽之處。

另外，劇本的對話除了要說明過去以外，還得一邊進行當下正在發生的事，因此輕描淡寫的對話裡，也包含著過去與現在兩層的意義。台詞如果僅僅針對過往做說明，就會中斷戲劇的進行，因此必須在交代過去的同時，一邊推動劇情往前發展；至於怎麼讓說明聽起來很自然、不像在說明，那就是劇作家的功力所在了。

舉個例子來說，比如，「喂！你這基層員工也敢對社長我這樣說話啊！」這種話就常在生澀的戲劇對白裡出現，如此多費唇舌說明就不算是好的劇本文章。實際生活裡，我知道你是社長、你知道我是員工，哪裡需要額外去強調什麼「社長我」、「基層員工你」，這種作戲般的腔調反而與現實脫節。與其如此，不如藉機直稱某一方為「社長」，就可以不著痕跡地對觀眾說明這個人的身分。讀劇本書的一大樂趣就在看穿劇作家安排對白的手法。

另外一個問題是劇本的文體。劇本是否存在著本書所討論的「文章」或是「文體」？一般大概很難想像，以對白串連成篇的劇本也可算是一種文章嗎？毫無疑問就是。在古代，淨瑠璃的腳本不論對話或旁白都是以七五調寫成，戲曲「文章」的好壞相當受到重視。到了默阿彌的時代，比如在描寫直侍的蕎麥店的場景裡頭，直次郎基本上就是用七五調在陳述以下的台詞：

直次　今早風向南吹，西邊已經積了雪。今年比往年冷得厲害，雪竟然積得這麼厚了，夜裡還得走幾個時辰咧！一路上見不到個人影，我倒省心。（來到舞台前，見著商家的燈籠）此地也無舊識，喫碗蕎麥再趕路吧。（探入門內）喂！怎地沒人在啊！（解下頭巾，進入店內）。

河竹默阿彌《河內山與直侍》

就算不是這種古典戲曲，現代的戲劇仍然有它的文體，也必須要有，因為有了文體，才使劇本有別於小說裡的對話，也才讓戲劇這個文類能夠獨立於小說之外。當然也有一些劇本是不具文體，整部戲只能算是日常對話的羅列而已，在此就不予討論。回顧古今，岸田國士和久保田萬太郎為日本戲劇奠定了一種文體，最近的作家當中，例如已故的森本薰和加藤道夫，還有福田恆存、田中千禾夫、木下順二也都各自創造了他們獨特的戲劇文體。

暫且假設劇本的文體和小說的文體可以互換，然後試著把小說的文體切割成幾個戲劇裡的角色看看。以下就是把《愛的親合力》其中一節硬拆成三段對話的結果：

A太郎　或許任誰看了都會覺得新郎對這種態度相當不快。

B太郎　其實不然，他反倒覺得這一招的手腕很高明。

C太郎　因為他比誰都清楚，她的性格是近乎神經質地抗拒一切可能危險，因此更加不以為忤了。

從小說裡任選一節拆成三個人的對話之後，就會發現文章本身雖然具有連貫性，卻無法成為戲劇的文體。這是因為戲劇裡的對話必須展現角色的性格，角色之間一句接一句的對話並非像小說的文章那樣連續流動，而是得讓角色的個性表現猶如海中遨遊的海豚，不時活潑躍出海面那樣，在對話中若隱若現。這樣忽隱忽現的角色性格化成戲劇中每個人的台詞裡，因此像剛才那樣把連貫的文章硬拆成對話，並無法就此變成戲劇文章。更何況，在戲裡頭，無論男女老少或各種階級職業的人都在同一個舞台登場，如何能用一種平準化的文章來表現各自之間的差異？就算勉強用一種平準化的文體把劇本當小說寫，也會弄得枯燥乏味，就像蹩腳的翻譯劇本一樣根本上不了檯面。所謂劇本的文體，除了要顯現各個角色的性格之外，它的根底還是要跟著作者一貫的韻律脈動。

接下來就把剛才的一節改寫成「文體不彰的劇本」看看：

A太郎　新郎對這種態度一定很不痛快，這是顯而易見的事。

B太郎　不！恰恰相反，他反倒覺得這一招高明。

C太郎　沒錯，因為他實在太了解她那種極端的個性了，只要有一點點危險的可能性，她都會閃得遠遠的。既然這樣，他就更不以為意了。

修改之後，比較像是三個男人在交頭接耳談論新郎的對話了。可是光這樣仍然不算是劇本的文體，因為當中完全看不出角色的性格，只能算是日常生活對話的羅列，不是文學。戲劇的文學性在於它具備一種表演藝術的特質，無可避免包含了各種夾雜物，因此再怎麼練達的戲劇，也不免出現這樣庸俗至極的日常對話：

女傭　要不要泡茶？

夫人　好……算了，再等一下吧！

除了一些幻境式的戲劇以外，這種對話可說是戲劇的必要之惡。劇本的文體一邊要顧及這些家常便飯的對話需要，同時還必須將作者內在的脈動如閃電般從這個角色傳達到下一個角色身上，這一點很難從一兩段引用的文章來說明清楚，如果各位讀者能親身去讀讀一部劇本，就會發現其中就算是再平凡的對話、用的是再平凡不過的語彙，裡面都有作者的血液流動著，文章就隨著那脈動上下起伏，劇本的文體就是如此深刻對應著戲劇嚴密無比的結構要求。再以剛才的例子來說：

女傭　夫人，給您泡杯茶吧？

夫人　好……算了，再等一下吧！

即便是這般日常的對話，也可以賦予它深層的心理意涵，夠構成作者獨特的文體。戲劇的文體不像小說的文體那麼容易掌握，另一方面它又是一邊閃爍著光芒，一邊支撐起整部劇本的砥柱，需要比小說具有更明白的主題和架構，才能前後緊密地串連。姑且不論一些由詩人所寫、文字漂亮的劇本，我認為戲劇作為一種表演文學，若沒有出色的架構就不會有出色的文體。請讀讀岸田國士《提洛爾之秋》裡的這段台詞：

史黛拉　（將手臂環繞著亞曼諾的脖子）沒關係，再靠近我一點。還記得從前，在那個能俯瞰萊茵河的——

叫什麼地方來著？

算了……

那是我住在那裡的第一個晚上，
就是搭船出遊的那天，玩到很晚，
那天晚上，
你醉得那麼厲害，
你怎麼會喝成那樣呢？
哎啊！是我讓你醉倒的嗎？（猛烈地抱緊亞曼諾，湊上雙唇）
不許你這麼沉默。（片刻之後）
那時我的寢室就在你隔壁呢。
我一打開窗，你也把窗子打開了呵！
那之後是怎麼了呢？

岸田國士《提洛爾之秋》

在岸田國士之前，誰也沒寫過這樣的台詞。其中微妙的心境起伏，高度呼應著戲劇所需的舞台效果，這讓它截然不同於以往小說家玩票性的戲劇創作。岸田戲劇的題材、表現、舞台氛圍、獨特的角色性格，乃至戲服上的創新等等，集結起來就讓人感受到岸田革新了日本戲劇的文體。日本第一個內心戲的文體從此建立，後來就如眾所周知的，文學史上以「劇作派」為名的一群戲劇作家莫不以岸田為師[2]。

接下來是福田恆存的《Kitty颱風》[3]。這部作品是戰後新劇史上的一個里程碑，它的文體乍看之下似乎可見岸田國士的身影，但它超越了心理劇的範疇，用心去收集顯現在日常生活感受裡的思想糟粕，藉此證明現代日本在思想上的淺薄，並且更進一步反映出日本人在整體生活上缺乏精神依歸的情境，可說是相當富批判性又戲謔十足的作品。台詞的文體是這樣的：

三郎　你什麼都覺得事不過如此，然後什麼也不做，但我不一樣，我……

梧郎　我知道失敗了也不過如此，所以才想去革命……

三郎　除此之外什麼都可以！比方說做洋娃娃……

梧郎　哦，你這革命家竟然也會有做洋娃娃這種純小布爾喬亞的嗜好啊！

三郎　小布爾喬亞的嗜好？別丟人了，這種詞彙一點意義也沒有。

禮子　革命和洋娃娃，漂亮！

三郎　哈哈哈，原來里見先生鄙視才華和嗜好啊！這可不是什麼好傾向。理想啦、夢想啦才沒用呢，一點生產力都沒有。釣魚當興趣的話，一隻魚也算是生產啊！去吊綱絲、講相聲還強過什麼都不做的好呢！

勝郎　（邊說邊從舞台左方上場）怎麼樣？這裡的氣氛不錯吧？稍微心服口服了吧！什麼時候來都是這種調調。

三郎　嗯，太有意思了。

亮一　大家都忘了科學才會這樣亂哄哄的，科學……

俊雄　（對三郎說）你是在暴風雨中來到我們的診間，真不是時候。

三郎　是啊……哦不，不會。

俊雄　我也覺得你很有意思。不是只有你在看我們，我也在觀察你們，彼此都是主角。

三郎　一點也沒錯。

勝郎　我不知道到底是誰在看誰，也不管主角是你還是我，總之你們……

梧郎　又來了，真的非得要毀了我們才高興嗎？

勝郎　大風雨正在興起——比Kitty颱風更強大不知多少的大風雨。等風雨真正到來的時候才驚慌，就已經來不及了。你們知道現在推動日本的人物是誰嗎？不是總理大臣，也不是議員……

梧郎　是吉岡吧？
勝郎　這件事本身就是一種嘲諷吧！不過，放心吧，很快地你就會慶幸遇見我了。
梧郎　中井先生，這麼說來三橋先生竟然是我們的諾亞呢！

福田恆存《Kitty颱風》

戲劇的文章有時滿是令人眼花瞭亂的倒敘，有時為了讓對白的表達功能發揮到極致，也會刻意扭曲。無論如何，戲劇的文體可說是一種和散文的端正體裁全然不同、通達無礙且不斷在流動、跳舞的獨特文體。如果小說的文章是一種健行，戲劇的文章必定就是一場舞蹈了。

1 Josef Arthur Gobineau（一八一六～一八八二），法國作家。
2 「劇作派」得名於戲劇雜誌《劇作》，這是昭和初期以岸田國士為首的一群戲劇作家共同創辦的雜誌。
3 這裡的「Kitty」和三麗鷗（Sanrio）公司所設計的卡通人物「Hello Kitty」無關，而是指一九四九年八月三十一日在日本關東地區登陸的強烈颱風凱蒂。這次颱風造成一百三十五人死亡、四百七十九人受傷以及一萬七千多戶房屋全倒或半倒的災害。除了福田恆存以外，里見弴也在一九四九年年底發表了以凱蒂颱風為名的小說。附帶一提，日本自一九五三年起不再採用關島「美軍聯合颱風警報中心」（JTWC）的英文命名，改用序號編名，例如二〇〇九年八月在台灣造成重大災情的莫拉克颱風，在日本則因其為當年第八起颱風而稱為「平成二十一年第八號颱風」。

5 評論文章

一般視之為藝術的文學不外乎戲劇、小說、詩等等，其實評論也可以是門了不起的藝術。關於評論足不足以成為一門藝術的問題，已經超過本書所要討論的範圍，請各位參考王爾德著名的評論作品《評論者之為一名藝術家》，相信會得到滿意的解答。

就我來說，寫得不好的評論總是比寫得差的小說讀來更令人難受，即便是簡短的專欄或是匿名的評論，文章寫不好就教人光火。就算是極尖酸刻薄的攻訐，用強而有力又漂亮的文體寫成，也比蹩腳的小說讓我心情愉快，因為勁力十足又漂亮的文章，會使評論與出自私心的一切不純潔動機有了切割。如果寫小說是一種發洩，評論怎能不是一種藝術呢？

然而，評論文章不免也有它自身的侷限，它的困難在於日語本身對邏輯觀念的淡薄。且以現代評論者當中文章寫得最好的梵樂希為例好了，他將法語明辨事理的特質發揮到極致，又散發著高調的仕紳氣息，這是冷靜的知性人士與優雅的社交人士在文體上的融合，成功呈現了十七世紀以來的法國傳統。此外很重要的一點是，梵樂希評論的對象都具有足以與其知性相抗衡的力量，因為他的對象是衰頹中的歐洲、是整個歐洲文明的精神。梵樂希因為其評論作品而被尊崇為大師——可以說，他是最後的歐洲之子；梵樂希文章的美，自然就是日薄西山的歐洲精神所散發的最後芬芳。

日本的評論者勢必因為日語本身的不擅長議論和評論對象的貧瘠，而感到深刻的孤立。

評論家首先是從國外的事物學習到現代評論的基本精神，他們雖然知道評論的高標準在哪裡，卻因為評論對象——即現代日本——的淺薄，以及日語在表達上受到的限制，使得日本的評論者始終無法開創屬於自己的文體，直到有一位天才樹立了日本評論文章的典範，那就是小林秀雄。

小林秀雄的文體特徵在於他和梵樂希一樣明辨事理，但同時又未忘掉日本傳統式的敘情，這使他得以在日語的文體和評論之間找到一個結合點。在小說家的文體當中，小林秀雄從志賀直哉那種實踐派的文體裡找到典範，他的評論對象也逐漸跳開當代駁雜的文學作品，選擇更加自由；例如從小林秀雄在二戰期間寫的《所謂無常》開始，他便寫活了日本中古時代的人物，二戰結束後，他深入歐洲的天才音樂家莫札特的靈魂，最近又在《現代繪畫》這本書裡寫他自年輕時仰慕至今的梵谷，並對現代繪畫做了獨樹一格的評論，這些評論不只是藝術評論，它們與小林的文學評論皆有一脈相承之處。

評論文章的寫手從明治時代以來所在多有，例如森鷗外、永井荷風、正宗白鳥都是，大正時期也出現佐藤春夫等等才華洋溢的作家，寫出許多精彩的評論，但我在這裡想討論的是有獨特性的評論家和他們的文章。提過小林秀雄之後，必須再提一提中村光夫。中村光夫的文章和小林秀雄一樣，都在某層意義上捨棄對日語的妥協，並進一步排除日本人的思考模式，才創造出嚴謹的議論體裁。中村光夫出了名的「敬語口氣」在我看來，是為了避免一般口語常陷入的日本式感性，所以刻意不用有血有肉的口語體，而用敬語打造出一種無機質文體的結果。他的長篇評論有暢快的論證，邏輯謹嚴的日文敘述也前所未見，並且從深處細細交織著評論家必備的文學感性——這份感性恰如其分地不與理性爭鋒，也不一味屈從。這種撙節自制的文體在現代小說裡看不到，倒出現在評論文章的領域中，也可算是一種奇特的現象。

常有人說，美令人屏息，但似乎很少有人對這件事仔細思考過。優秀的藝術作品必然表現出某種難以用言語詮釋的事物，它無法以學術語言或生活詞彙來說明，因此我等評論者也不得不沉默；然而另一方面，這沉默並非無聲，而是因為滿溢著感動，令人不可自抑地想要述說，同時必須忘記一開口述說難免就要失真的意識。創造如許沉默有賴非凡的手腕，而承受如許沉默則需要對作品有痛切的愛。美是一種真切存在的不可抗力，說得玄一點，它遠比一般人所想像的都不可愛，也一點都不愉快。

優秀的藝術作品所表現出來的那種難以形容的事物，將它稱為美也好、稱作思想也罷，都離不開作品固有的形式。這是一切評論藝術者的常識，也是所有藝術一脈相通的原理。如今鮮少有人注意到這個原理正危在旦夕，或許即便注意到，也已經來不及了。

荷風是明治時代唯一為了當作家到國外去的人，在當時的作家眼裡，海外歷練是不必要的奢侈，再想想當時一般社會對於出國只為了寫作的觀感，就可知道荷風出國是多麼特立獨行的一件事了。

小林秀雄《莫札特》

整個明治時代，西方的觀念和事物浸潤了日本文化的一切領域，這使得西方國家成了值得我們效法學習的「先進國家」，可是當時主導文化攝取的是極端的功利主義，因此日本人向西洋人學習到的幾乎全侷限於對當前有實益的部分。留洋一事，對於這些學習西方技術的日本人來說，也就是正規的晉升台階，在生活上和精神上完全不需要做任何本質上的冒險。這些萬中選一的人才生活受到日本社會保障，享有黃金般耀眼的未來，而他們對於自己專長的產業、軍事或者政治等知識——就是他們從西洋帶回來的——能提供給日本社會的實效也深信不疑。西方對他們來說，僅代表一個要穩當出人頭地所必須經歷的重要階段而已。

然而對荷風來說，出國本身就是生活上和精神上要面臨重大變故，如何捱過這個變故，也是荷風比同時代人更加成熟的祕密之所在了。

中村光夫《作家的青春》

6 翻譯的文章

近來譯介到海外去的日本文學作品不少，谷崎潤一郎的《食蓼之蟲》、《細雪》，以及川端康成的《雪國》，皆有塞丹斯帝克（Edward George Seidenstricker）的譯本，伊凡・莫里斯（Ivan Morris）翻譯大岡昇平的《野火》，甚至成了日文翻譯的典範。根據唐納金（Donald Lawrence Keene）——他是日本文學翻譯中的佼佼者，也是十分有個性的日本文化研究專家——的說法，日本人現今寫得最好的英文著作是岡倉天心的《茶之書》；唐納金說，岡倉天心用在波士頓社交界學到的古典又高雅的英文來寫作《茶之書》。除了岡倉天心這種極少數的特例，很遺憾的，由日本人翻譯成外文的日本文學，可以說一部名譯也沒有，也許這是因為日本現代文學直到最近才在國外廣得好評，本國的翻譯人才還來不及培養的過渡期現象，或許不久以後，就會出現由日本人翻譯成英文的日本文學作品。

日本早期的外文翻譯縱使有些誤譯的地方，但是順著當時日本人的喜好、用傳統的雅文體或漢文假名交雜的文體所譯成的文章總是備受歡迎。後來到了二葉亭四迷的時候，開始用一種既奇特又有西洋味的文體來翻譯，隨著翻譯的作品逐漸增加，這種怪異的直譯——也就是「翻譯腔」——飛揚跋扈起來，竟慢慢劣幣驅逐良幣，使得翻譯文體變得混亂粗糙。另一方面，也出現了一些在外語研究上相當嚴謹、文學造詣又深厚的人投入翻譯，他們譯出一篇又一篇忠於原文且行文優雅的文章，使翻譯能夠融入日語，這才造就了我在前面所說的，雖然現今的文章充斥著太多不自然的翻譯腔，但我們還是能像讀日文般自然地閱讀翻譯的文章。

相較之下，國外的日本文學翻譯還在起步階段，日本式的思考形式也尚未達到充分浸潤於外語之中的程度，因此目前只能停留在浮泛的介紹。但這樣的情形未來會如何還不可知，至少就我自己的作品在國外翻譯出版的經驗，我便見識到了國外的出版社和讀者有多麼重視譯文的品質。

西歐的思考方式和日本人思考方式的差別，還可以從一個地方看出來，那就是川端康成那種細膩的日語文章到底能不能轉換成外語。或是更根本的，若是翻成英文後不能成為好的文章，那麼翻譯本身也跟著一文不值。一個很好的例證是，日本對外國文學有種根深柢固的學生心態，即便是在翻譯一些不登大雅之堂的二流小說，也習慣附上長串的註釋，把日本人不熟悉的詞彙一一加以解說；反觀外國的出版社並不會在小說裡加註釋，讓讀者在沒有註釋的情況下也能毫無障礙地閱讀，這才是翻譯對小說讀者應有的禮儀；基於這種見地，哪怕翻譯的是谷崎或川端這類大量描寫日本獨特風俗習慣的作家也不會是問題，重要的是譯者有沒有能力在不加註釋的前提下，用文字傳達得清楚透徹。這樣的態度是真正把小說當成一件藝術作品來翻譯的必然結果，既然翻譯小說在它譯出的語言當中也是一件獨立的作品，那麼它在用字上是否精確、是否方便學生拿來當作學外文的教材，這些問題根本無關緊要。在國外，小說是用來欣賞，而不是拿來學語文的。

我不是語言學專家、也不精通外文，因此在大部分的情況下，對於翻譯的每一個細部是否正確、文法是否混淆，並不會多做尋思。當然有時遇上一些極度艱澀難懂的譯文時，我會直接認定它的翻譯有問題。即使用詞上都正確無誤，翻譯出來的小說或詩、戲劇在整體效果上打了折扣的話，我也不認為那是好的翻譯。最重要的是，作為一部作品，是否能完整地傳遞原文的感覺。

從這一點就可以看出翻譯的兩種典型態度。一種是個人風格濃厚的翻譯——既然國外的文物和風俗不可能照它原本的樣子移植成日語，那麼就用譯者主觀的味蕾咀嚼，用譯者的個人風格浸染，再灌注以譯者對原作者發自心靈和感情深處的愛，翻譯出有強烈譯者風格的作品。另一種就是一般認可的正統翻譯——原文的感覺和獨特性不可能完完整整地翻譯出來，但哪怕能準確傳達的只有十分之一、二，一些在外語能力上有良知又有深厚文學造詣的譯者，仍會盡其所能貼近原文翻譯出來。以後者為例，比如，杉捷夫翻譯的梅里美短篇小說就以精準和簡潔見長，相當類似志賀直哉的文章。而前者的代表則有森鷗外翻譯的《即興詩人》與《浮士德》、日夏耿之介翻譯的《莎樂美》和愛倫坡的詩作、神西清抄譯的《風流滑稽譯》1、齋藤磯雄翻譯的維利耶作品等等。這兩種基本上立場殊異的翻譯孰優孰劣，還是要看翻譯出來的作品能不能在日本文學中與其他作品並肩而立，甚至如果能以日本文學瑰寶之姿站在前頭，那才算真正了不起的翻譯。

我認為，閱讀翻譯作品時，如果文字晦澀難懂、文句不通，扔了別看才是對原作者的禮貌。翻譯出來的文字不通順，只因為它忠於原文就忍耐讀下去，這種奴性最好快快丟掉。還有，剛才提到的兩種態度中的第一種，有時是相當危險，如果譯者的個性其實沒那麼鮮明，也並非那麼有才華，他翻譯的文章還是別看的好。

有時候，我們會看到一流的外國文學學者的翻譯充斥著文藝青年才會有的怪腔怪調，他們雖然是一流的學者，卻想藉著翻譯一圓年輕時因為才華不足而無法達成的小說家或詩人夢，因此讓自己青澀的文學喜好、同人誌那種曲高和寡的文學品味，或者奇怪的遣詞造句污染了原作。要謹記，一流的學者當中仍然存在這類文藝青年品味，所以一流學者的翻譯文章——即便是一流的外國文學作品——若是受其偏頗的癖好污染，還是早點讓它離開你的書桌為妙！

從這裡可以看出來，讀者在閱讀翻譯文章時，也需要依賴日語以及日本文學的修養和訓練。缺乏這些修養和訓練，便認不清翻譯文章的好壞，放任翻譯的水準低落，壞文章橫行，造成劣幣驅逐良幣的結果。

不懂外語不是什麼問題，但不能說自己不懂外語，就無從挑剔翻譯的好壞，因為翻譯文章也是用本國語寫的，是道道地地的本國語，我們不需要靠外語能力就能判斷面前的翻譯是好還是壞。

由於譯者的恣意妄為，不知已經有多少外國文學在這些人的翻譯下被扭曲，真是為害匪淺。翻譯就像藥物一樣——八分益處、兩分毒害；所以在日本，像里爾克這樣的詩人被稱為感性派，對紀德的介紹總是抒情，而包括施篤姆在內的浪漫派作家的介紹，總是剔除了浪漫派特有的反諷和戲謔，只剩下如少女讀物般軟綿綿的內容……翻譯的毒害已經難以計測。

另一方面，當然也有許多被正確譯介進來的外國文章，所以上述的情況不能一概而論。這裡雖然批評了翻譯的許多問題，但請別忘了我也曾在第二章中大力強調，現代日語的多彩多姿以及文章表達方式的多樣，乃是因為翻譯的蓬勃發達才能促成。

關於翻譯的兩種典型態度，可以舉愛倫坡《厄舍府的倒塌》[2]中出現的一首詩做對照。以下列出該詩的兩種翻譯，前者是日夏耿之介以雅語譯成的版本，可算是日夏個人風格濃厚的名譯作；後者則是用正統的翻譯態度譯出來的版本。最後兩篇摘錄亦是兩種翻譯態度的對照。

然而魔魅披上悼哀的喪袍
襲擊君王的寶座。
嗟乎嗟乎！豈不悲哉！
可憐君王再不見明朝。
昔日似錦榮華，
今已成黃花，
徒留一則久遠的傳說。

而今行旅者過道此地，
可見谿壑中炯然如晝，
亂彈的樂音如幻，
黑影幢幢蠢動。
又見蒼白門扉下彷彿急流湧進，
是駭人之物川流疾馳，

日夏耿之介譯

笑聲闃然，獨不見笑顏。

然而災禍穿著喪服，
進逼君王的宮城。
（哀哉我王！可憐他再也不見天明）
過去籠罩宮城的橙黃色榮光
就此覆蓋陰影，
成為久遠以前的傳說。

如今來到山谷裡的人，
從鮮紅晶亮的窗子，
看見飄忽不定的鬼影
在詭譎的樂音中舞動。
又如濤濤洪流——

那是一群可怕的鬼影正穿過
蒼白的宮城，
它們笑著，卻不現形跡。

谷崎精二譯

在這座城堡裡，兩個戀人的心靈融入彼此神祕的肉體、浸淫在邪祟又歡愉的大海！他們盡其所欲地戰慄、狂亂地愛撫。他們兩人成了彼此存在的脈搏，對他們來說，心靈已經毫無保留地與肉體合一，因此他們的姿容已經不再是表面上的，而是心靈上的樣貌，在熱烈親吻的時刻，這形而上的合一將他們兩人結合在一起。一段漫長的眩惑！忽然這魅力在瞬間分崩離析，可怕的事變使他們悖離。他們的手臂鬆開了。是怎樣的怨靈奪去了所愛的屍骸？死者嗎？不。維朗賽羅的靈魂是否在絃斷那一剎那的驚呼中遭到了略奪？

幾個鐘頭過去了。

他透過玻璃窗，仰望著逐步滲進穹蒼裡的黑夜。這黑夜在他看來竟像個活生生的人了。這「夜」，彷彿憂愁地徘徊在流放邊境的女王，又像別在喪服上的鑽石別針；它是黑暗中唯一的明星，閃耀在群樹之上，最終消逝在穹蒼盡處。

維利耶《冷酷的故事》3

齋藤磯雄譯（個人風格濃厚的翻譯）

他一邊說，一邊繼續把錶挪近來，挪得愈來愈近，幾乎碰到了孩子蒼白的臉頰。孩子內心的貪欲和對收容的客人保持信義的一場鬥爭，很明顯地流露在他的臉上，他的裸露的胸膛猛烈起伏，看來快要窒息。而那只錶卻在晃動著、旋轉著，有時碰到他的鼻尖。最後，他的右手終於慢慢舉起來伸向那只錶，手指尖碰到了錶，接著整只錶已經躺在他的掌心裡。可是軍士長沒有放鬆錶鍊……錶面是淡青色……錶殼新近才擦過……，亮晶晶的……在陽光底下，整隻錶就像一團……這個誘惑實在是太強烈了。

福爾圖納托同時舉起左手，用拇指從肩上向他背靠著的那堆乾草一指，軍士長一目瞭然，他鬆開了錶鍊。福爾圖納托覺得已經成為錶的主人，他像隻鹿那麼敏捷地立起來，走出那堆乾草十步以外，兵士們馬上就翻動乾草。

沒有多久，乾草堆就動起來；一個渾身是血的漢子，手裡拿著匕首，從草堆裡出現；可是當他想站起來的時候，他的冷卻的傷口並不容許他這樣做。他跌倒了。軍士長撲到他身上，奪去了他的匕首。不管他怎樣反抗，他馬上就被緊緊地綁住了。

梅里美《馬鐵奧・法爾哥尼》[4]

杉捷夫譯（正統的翻譯）

---

1 巴爾札克著，原書名為 *Contes Drolatiques*。

2 台灣現有的翻譯版本，可參考曹明倫譯《黑貓：愛倫坡驚悚故事集》，商周出版，二〇〇五年十月，130～131頁。

3 原書名為 *Contes Cruels*, 1883。

4 鄭永慧譯《梅里美短篇小說選》故鄉出版，一九九五年八月，10～11頁。杉捷夫的日譯和鄭永慧的中譯在表達上差異不大，由此可以看出三島由紀夫所謂「正統」的翻譯確實是中規中矩的照著原文傳達，因此在一定程度上有著四海皆同的面貌。

7 文章技巧

人物描寫——外貌

法國古典文學曾經存在有「肖像」這種文學的類別，是以簡單的筆觸勾勒出各人的風貌和性格，在為沙龍聚會提供餘興的同時，也用來較量觀察和批評的眼力。拉布呂耶爾的《人性與世態》[1]可算是這種文類的經典。

由於語言本身就帶有社會機能，當我們使用語言進行書寫的時候，自然會特別費心去描述他人的面貌，稱呼便是為此而生。我們透過外貌和稱呼與某人的形象做聯結，就算忘了名字也可以詢問別人說：「有一個男的，很胖、禿頭、有一雙大象般的眼睛，那個男的是誰？」還是問不出所以然的話，就會做更進一步的性格描寫：「你知道的，他到過你那裡呀！就是那個大聲談論貝多芬的音樂如何如何，偏偏聽起來根本什麼也不懂的傢伙啊！」如果這樣也行不通，就詳細說明此人跟自己的關係；說得起勁了，便忍不住要分析這個人，剖析他的性格、觸探他的內心深處——這些裡外外的形容加起來，就是稱呼所代表的這個人了。

現實生活中，我們會依稱呼來將人分類。職業也是一種稱呼，是報社記者還是議員、小說家還是棒球選手或者電影明星，從職業的分類就可以決定此人的類型，再試圖從中推測出他的個性。不過，這個人和我關係不大時，通常用類型來決定這個人即可。於是，我們身處的社會就像一幅風景畫般，愈靠近自己的周圍有愈濃的顏色、較清晰的細部；隨著距離拉得愈遠，輪廓就愈模糊、顏色愈單一，逐漸向類型和普遍化的遠方淡去。我們對離自己愈近的人，愈需要專有名詞的標示，數百張名片中，只有少數與我們特別親近的名字會留下，其他就任其遺忘；家族中由於關係更親密，夫婦之間的名字甚至可以簡化成一個「喂！」，這就是現實生活的鳥瞰圖。

可是在文學作品中，我們時常與陌生人不期而遇：現實生活裡大概不容易有機會和殺人犯打交道，但在小說當中，有時第一頁就會迎頭遇上一個，如果他的名字叫做A，我們無論情願不情願都得照這樣來稱呼他。然而，在小說裡，這個專有名詞的實質卻是空的。換句話說，現實生活裡有實體、有真實人生，並且和自己有關係的人名才具有意義，小說等文學作品裡的專有名詞，則是先有名字之後，才設定與那名字相關的各種互動。這裡的「互動」指的是讀者與小說主角之間的互相接近，也就是我在第一章中曾經提到的，「和小說的主角一樣在小說世界中行走坐臥」的「精讀讀者」所需要的態度。

因此，在小說當中，即使是高度刻劃內心的小說，人物的外貌仍是我們首要關注的目標。心理小說經常對人物的外貌不加著墨，但這並不代表外貌可以就此忽略，而是希望讀者能從別的方式了解這個人物，透過讀者個人的想像和喜好，在眼前浮現出他的外貌來。據說橫光利一曾在聊天中向堀辰雄提到：「《伯爵的舞會》裡，女主角瑪歐的長相怎麼就是沒法在腦海裡浮現，只有聲音能勉強聽得見。」讀者的腦海中就算無法浮現雷蒙．哈狄格[2]的名著主角的臉龐，心中必然也會將她定格出一定的形象。小說的祕密就在於此。

最看重外貌的莫過於電影。電影將人的臉、服裝等等全帶到觀眾的眼前，因此從被分配的角色就能隱約看得出來這個人長相討不討喜——一般人會討厭的臉孔大概都是演壞人，一般人會喜歡的臉孔就會被分配去扮演好人。可是我們在看電影的同時也被迫接受了某種特定的形象，想像力受到畫面的指示，將角色嵌入特定的形象裡。比方說，喜歡纖瘦女性的男人，在看豐滿的女性演戲時就不會有感覺。正因為如此，電影要拍得好，手邊得有豐腴一點的女演員、纖瘦的女演員等等各種類型，將她們分配到合適的電影裡，好讓觀眾可以照著自己喜好的演員——而不是電影本身——類型進戲院觀賞，電影的明星取向就是這麼來的。電影的明星取向是觀眾想像力被扼殺的必然結果，戲劇相較之下還多了許多想像的空間，這和戲劇不走明星路線的做法正好是一體兩面、互為因果。不過，歌舞伎的明星取向是從別的傳統衍生而來，不能和上述的結果混為一談。

文學作品裡的人物描寫無法像電影那般直接訴諸視覺上的印象，讀者的想像力因此就顯得十分重要。每個人都有兩隻眼睛、一個鼻子、一張嘴巴，上天卻將每一張臉都製作得獨一無二，小說裡面登場的人物照理來說也應該具有與眾不同的特徵，但這是不可能的，因為我們在讀小說的時候，是靠著類型、靠著從生活經驗中累積對人外貌的知識，再根據書裡的敘述，綜合出一個形象來。

如果各位在書裡讀到，「她有兩隻眼睛、一個鼻子、一張嘴巴」這樣的描寫，除非這是本詼諧小說，否則應該會噗哧笑出來吧。小說家的一般寫法會是：「她的眼睛很美。鼻形端正，只是稍嫌瘦削，給人一種寒傖的感覺，同時又有種難以言傳的清淡雅緻。櫻桃小口裡露出孩子般小巧又健康的牙齒。」讀到這段描述，讀者似乎對她的臉有了認識，但其實什麼也不瞭解——試試看把腦海裡的容貌畫下來，就會知道自己根本拿不定那是張怎樣的臉。光是「眼睛很美」這一點就有許多主觀上的差異，再怎麼窮盡筆力去描寫也描寫不完。但就像前面提到的，小說的強項就是在激發讀者的想像力，並為想像力預留一些空間，好讓讀者能在作者的帶領下進入故事的世界。

我有次和法國導演安德烈・卡耶特[3]聊天，大力主張小說的優越性和前瞻性都勝過電影。在電影裡面，不管你找來演美女的人是胖是瘦，總免不了被一些對美有不同標準的觀眾質疑，可是在小說當中，例如斯湯達爾在《瓦妮娜・瓦尼尼》裡，只消寫一句「她是羅馬的頭號美女」，讀者無不買單，全拜倒在她的石榴裙下。不過這也得看作家的態度和資質，如果是巴爾札克這種既是幻想家又是現實主義者的天才，讀者光是讀他對人臉的那些富含詩意又淘淘不絕的細微描寫，就已經暈頭轉向了。

她自稱那頭耀眼奪目的金髮是對愛娃的紀念。除了那頭天仙都妒忌的金髮，讓人眼紅的肌膚彷彿一層服貼的絹紙，太陽底下閃閃發光，冬天又像綢緞一般輕柔地顫抖。那像鶴羽一般輕盈、英國式捲浪的瀏海底下，是一張清秀的臉，還有彷彿以羅盤畫出來的端正五官，使她閃耀著聰慧的光芒，但她的儀態卻是莊重而平靜得毫無起伏。除了她以外，還能夠在何時何地找到第二個這樣淡雅又清澈聰明的臉龐？那臉龐有一種珍珠般的光澤，那雙灰中帶藍、像孩子一樣清澈的眼睛搭配著懸弓似的眉線，給人一種又淘氣又無邪的神情。那眉毛的線條就像中國畫人物的眉線一樣，只是淡淡地一筆帶過。這臉上深深淺淺的陰影和兩鬢，還有纖細的肌膚所映照出來、微帶藍色的珍珠一般的潤澤，再再襯托出這臉的聰慧和無邪。她鵝蛋型的臉就像拉斐爾筆下典型的聖母像，而臉頰上的肌膚彷彿孟加拉的玫瑰一樣甜美紅潤，光線穿過長長的睫毛時篩落的影子灑在顴骨上。她偏著頭，淡入陰影裡的乳白色的脖頸是達文西最喜歡的線條。臉上的幾處雀斑彷彿是十八世紀侍女們刻意妝扮的點痣，透露出莫黛絲特乃是個人世間的女孩，不是義大利的天使頌讚派所幻想的天仙。才氣縱橫的嘴唇似乎拒人千里之外，但豐厚的唇形又訴說著肉體的歡愉。柔軟但不孱弱的身體就和那些靠著馬甲的壓迫而成功塑形的女性身體一樣，對生兒育女沒有任何危害。優雅的曲線並非來自衣物，那些身上的棉紗、金屬和衣帶只純化了這舉手投足間如白楊樹幼苗隨風搖曳時的優美。有著櫻桃色繩結的珍珠白長袍含蓄地粗描著她的體形，瘦削的肩頭罩著披肩，只看得出衣領在披肩底下的弧線。鼻翼是輪廓分明的希臘式，才氣洋溢；那張看來又淡漠又伶俐的臉以及那透露著謎樣詩情的前額，那因為嘴角的一絲挑逗而被拆穿了一部分偽裝的臉孔，還有一份無邪、一份彷彿參透世事的嘲笑……當一個觀察者看到這些表情與多變的大膽眼神同在一張臉上競相出現時，一定會相信這個有著能聽見所有細微聲響的敏銳耳朵、能聞到「理想」這朵藍花的香氣的女孩必定存在於日昇之處遊戲的詩與每日的勞動之間、是幻想與現實相互爭鬥的舞台。莫黛絲特是個有強烈好奇心和羞恥心、順從命運的純潔女孩。她不是拉斐爾的聖女，而是西班牙的處女。

巴爾札克《莫黛絲特．米儂》4

除此之外我還沒見過比這更執拗的外型描寫。這也難怪，因為自然主義的作家們信奉科學、重視客觀的事實，落實在技法上就是加強描寫人們的外貌這種眼見為憑的形象，這也使得自然主義作家在描繪人物上格外出色。

查理上到二樓去看病人。他發見他躺在床上，蓋著被窩出汗，睡帽扔得遠遠的。這是一位矮小的胖人，五十歲，白皮膚，藍眼睛，禿額頭，戴著耳環。他旁邊椅子放著一大瓶燒酒，不時斟給自己提神；可是，一看見醫生，他的興奮低落了，十二小時以來的咒罵也停止了，他輕叫哼唧著。

福婁拜《包法利夫人》5

她身材高大，十分豐滿，特別討人喜歡，由於整天關在昏暗的小樓裡，她的肌膚蒼白，閃著幽光，彷彿上了一層清漆。她的前額有一圈薄薄的瀏海，以這鬈曲的假髮來裝飾，使她看起來比較年輕，卻與她那成年婦人的體型極不相稱；她性格開朗，終日喜氣洋洋，喜歡跟人開玩笑，但是並沒有因為改做這一行而失了自己的分寸，聽見粗話，她總覺得反感。據說有一次，一個缺乏教養的年輕人用她的名字來稱呼她掌管的妓館，她立刻臉色大變。總而言之，她雅人深致，雖然拿她的姑娘們當朋友對待，可是也見人就愛說，她跟她們「絕不是相同出身的」。

莫泊桑《泰利埃妓館》6

再比方說，谷崎潤一郎這類官能作家也相當執著在臨摹女性的外貌，但他的描寫和自然主義作家不同的是，女性完完全全只是官能的對象，是一個活脫脫散發著動物性誘惑，讓讀者忍不住垂涎之物。

清亮的大眼睛在厚重的眼瞼底下伶俐地打轉，整齊的睫毛下那雙惹人憐愛的雙瞳閃爍著一絲狡黠的光芒。女人飽滿的高鼻子、蛞蝓般溼潤的嘴唇、豐潤的臉和頭髮都清晰地浮動在這溼熱房間的暗影中，讓佐伯病態的感官興奮起來。

谷崎潤一郎《惡魔》

人的表情隨時都跟著情感的起伏而變化，第二眼的印象常常就改變了第一眼的印象，即便是同一張臉，有時也會讓人感覺完全陌生。小說家在小說當中──尤其是那種跨越極大時間幅度的小說──必要顧及到時間變化帶來的改變。谷崎就曾經這麼描寫女人臉孔的改變：

老實說，第一眼見到她的時候，覺得還頗有些姿色，可是再細看下去，破綻一個一個全顯露出來，便再怎麼看都不美了。只不過她身材瘦削、脖頸細長、腰身凹凸有致、臀部大、腳細長，整體散發著一種西方女人穿和服的味道，有著欺人眼目的美，但若是仔細賞玩她圓橙般的臉，就會知道她並沒有什麼特別漂亮的地方——鼻子高，卻像獅鼻一樣扁塌，眉毛又細又長、尾端輕佻地下垂，紅豔俗麗的薄唇像蓮葉般裂成兩半，並彷彿初三的月牙般向上噘著，說得難聽點，這種長相在牛肉鋪的女侍裡比比皆是。此外，雖說她多少算是個賣藝的，可是一個少女毫不害臊地坐在年輕男人的正對面老氣橫秋地說笑，就顯得飽經世故，讓菊村覺得很不舒服。

谷崎潤一郎《嘆息之門》

總而言之，不管是不是自然主義作家，在人物的外貌描寫裡頭都包含著作者強烈主觀下的深刻印象，也關係到他在用文字傳達時，如何牽動讀者想像力的問題。

人物描寫——服裝

我們對人的印象不只來自臉孔，包括服裝、小動作、走路的姿態等等都會形成一個整體的印象，塑造出那個人的整體氛圍。印象最集中的當然還是來自長相，但是在描述某個人的臉孔時，小說家顯然不是把人臉僅僅當成一件雕像在觀察，而是從那個人的整體感覺來掌握。文學是一種可以把細部描寫得活靈活現的藝術，可以盡情地從臉寫到身上所穿的一切、細微的小動作、走路的姿態、手的擺動……只要作者願意的話，可以盡其所能鉅細靡遺地描寫。其中最重要的就是女性的裝束了，明治時代以及之前的小說家，都必須在作品中不斷證明他們對女性服飾之美的鑑賞能力：

她在中央那堆人圍著的柱子旁邊占有一個座位，只見她衣襟上的鈕帶，打成沉重的夜會結，又用淡紫色的緞帶裝飾，外面加上一件紅點花樣的灰色縐紗短褂。她似乎對人們的騷動很感興趣，清澈的眼睛睜得大大的，顯得非常安靜文雅。她從服裝到容貌都這麼醒目，而且態度嬌媚，第一次看到她的人，都不由得懷疑：會不會是出賣色相的女人假扮而成的？一局紙牌尚未分出勝負，阿宮這名字已經傳遍整個房間。今天還來了許多女人，有的長相很醜，身上穿的衣服也像是向保姆借來的；有人看起來像鬧劇的女丑；有的則很漂亮，在二十甚至五十個人當中也選不出一位。她們的服裝多半比阿宮高貴幾倍，阿宮的穿著只不過是中等而已。像那位貴族院議員的女兒，雖然長得奇醜無比，穿著卻最華貴，聳起的肩膀上披著三件一套的外出禮服，上面繡著家徽，綁一條紫色錦繡的大腰帶，上面用金線繡出凸起的百合花；服裝人人看了目眩神迷，但那長相卻令人噁心和皺眉。

尾崎紅葉《金色夜叉》[7]

對女性服飾的鑑賞能力，是小說家的品味修養之一，也是小說當中的華麗饗宴。它雖然不是人物描寫時絕對必要的部分，卻象徵了一個時代的品味。在一個光是對和服腰帶跟繩結都有品味高下之分的時代，透過服飾的描寫，可以有效地表達筆下角色的善惡與性格特質，同時，作者也藉著這些生活細部的描寫，炫耀自己的文化深度，滿足讀者對作家的期待。

可是現代生活已經發展出各式各樣的興趣與嗜好，很難區分到底什麼才是好品味或壞品味，服裝本身也經過了革命性的變遷，以至於小說中的服裝描寫幾乎成了毫無意義的敘述。請試著讀讀以下這一段針對衣著品味的描寫，就可知這種描寫如今看來已是多麼過時了。

實際上，阿梶還不過三十三、四的年紀。也許是自出生以來就在有名講究的人手中長大的關係，衣住方面的講究變成他的最大嗜好，在常人看起來差不多難以了解的趣味生活中身心樂此不疲。就是奈奈江想起來，他的講究已達到與其說是使他人困惑不如說是在使其自身困惑的程度。比如說，普通一天得換上三、四次無襟的白布底衫，襪子專揀結城手縫的貨色（譯註：結城是手織襪名地），而且假如不是熨得筆挺的就不稱心。他說讓女僕洗手巾是「看了眼痛」而必須自己把那大麻絲手巾貼到玻璃上才過癮。穿的衣服也不是縫好就簡單地穿上。從和服衣料店那兒買來的料子，他要女僕即時加工縫在單衣上，當夜就用來做睡衣，十多二十天以後，把沾滿了脂肪的衣料讓女僕一分一寸地洗乾淨，然後才把過了水的料子交到京都的裁縫店去（譯註：新料子質硬，所製新衣穿起來不舒服）。半舊的東西就最合他脾氣，而長汗禢兒可就更嚴格地講究。紡綢不是素色的絕對不用，這一點和尋常的講究衣著者相同，但不是只有袖子和底角發黑而身體部分卻是一色淺黃而且是某特定的淺黃就不肯穿用，那可就不是普通的講究程度了。

橫光利一《寢園》8

明治以後，女性的服裝脫離了和服細緻繁複的樣式，從名稱就簡化了。到了洋裝西服的全盛期，文章裡也充斥著直筒裙、窄裙……這類時尚語彙，在描述衣服的布料、色澤時，使用的淨是半生不熟的外文詞彙。在這種情況下，如果還要像明治時代的小說那樣著力描寫服飾細節的話，會有多少篇幅淹沒在這些片假名的外文詞彙裡啊！所以作者在寫小說的時候，就盡量避免對衣服有太多著墨，因為洋裝的描寫若是掌握失當，很容易讓文章連帶地也變得輕薄。

在女性的服飾和配件上，小說家和讀者共謀挑起一種戀物的性癖。國外有所謂的「戀鞋癖」，寫高跟鞋不單單描寫鞋子本身，而是透過這雙鞋間接地煽動情慾；同樣地，描寫女性時，不寫她的姿態、性格或氣質等等真實的樣子，反而專注在描寫衣服飾品這些瑣碎的物件上，就會像在監牢或偏遠軍營中的人對女性的幻想一樣，塑造出一種極富象徵而煽情的女性形象，這種描寫的手法就成了小說一大要素。

總而言之，人物描寫的方式可以從具體的白描到象徵性的間接描寫，程度不一而足。戲劇當中也有一種常見的手法，是讓對話不斷圍繞著一個自始至終沒出現的人物，還有像小說《蝴蝶夢》[9]，它圍繞著一個已死的女人迴轉，這類作品裡的人物描寫自然不同於一般的描摹，少不了要帶著幾分心理上的刻劃。維利耶的小說〈薇拉〉（《冷酷的故事》的其中一篇），或者愛倫坡《麗姬亞》裡的主角，都是已死的女人。

自然描寫

在描寫風景這一項上，日本作家可以說是世界數一數二的高手。就像東洋畫中總有一個細小的人物點綴風景一樣，在東洋的世界裡面，人與自然之間不是對立的，因此文學中有時也可見到風景描寫的氣勢凌駕於人物之上。外國文學當中，除了旅遊札記以外，風景往往不是小說的重點，很難單獨成為小說本身的魅力。斯湯達爾的作品中有時會出現簡潔的自然描寫，但那和日本的自然描寫在本質上完全不同。我倒是在北歐作家雅各布森[10]的〈摩根斯〉（收錄於《假如玫瑰在此盛開》）中，讀到作者對於突然落下的雨的描寫，有和日本式的自然描寫十分相似之感。

壓得人喘不過氣來的溽暑。大氣因為熱而閃著光，並且異常安靜。樹上的葉子因為瞌睡都垂下了腦袋，還在動著的就只有蕁麻上的瓢蟲，以及在日照下曬蜷了身子、突然在草地上捲成球的、一片正在枯萎的葉子而已。

然後就是槲樹下的年輕男子了。他躺在地上、喘著氣，用悲傷而絕望的雙眼望著天空。

他原本哼著一個旋律，現在停了，改吹起口哨，旋而又終止。接著他翻了幾次身，呆呆地看著一個被鼴鼠扒出來、已經乾成灰白色的土堆。忽然，灰白色的土堆上出現了一個、又一個、三個、四個黑色的圓形小點，愈來愈多，直到整個土堆都變成了暗灰色。空氣中倏地拉出無數長長的黑線，樹葉不住地點頭搖擺。終於，這些動靜窸窸窣窣地嘈雜起來，成為一鍋煮滾的水，像瀑布一樣從天空直瀉而下。

一切萬物都閃爍起來，發著光，濺著水沫子。樹木的葉子、枝幹都濕得發亮。掉落在地面的、草上的、籬笆上的水滴彷彿散落一地的美麗珍珠。小水珠才剛掛在頂上，隨即就變成大水珠落下，與其他的水滴匯流成小川，注入了小水溝，之後或許流進大一點的洞穴，或許又從另一個小洞裡流出來，帶著灰塵木屑和枯葉行進，有時就留在地上了，或者繼續浮沉，再轉個一回，還是全留在地上了。發芽後便各自西東的樹葉在淋溼後又全團聚在一起，幾乎要枯乾的苔蘚在吸飽了水後又變得柔軟青翠。乾竭碎裂成菸草一般的地衣展開了小巧的耳朵，鼓脹出和緞子一樣的厚度，絲綢一樣地發著光，盛開的白色旋花中水已經溢到杯緣，互相碰撞了一下，就將水抖到了蕁麻頂上。肥胖的黑蝸牛舒服地伸長了身子，開心地望著天空。至於那名年輕男子怎麼了呢？他帽子也不戴地站在雨中，任憑雨滴敲打他的頭髮、眉毛、眼鼻和嘴巴。他對著天空敲手指頭，不時抬起一隻腳像在跳舞；頭髮溼透的時候就甩甩頭，大聲唱著歌——不過他太陶醉在這場雨裡，根本無所謂自己正在唱什麼了……

雅各布森《假如玫瑰在此盛開》

純西歐式的思維之下，人定勝天、人與自然之間是相互對立的關係，宗教也是為了對抗大自然的力量而打造，因此純西洋式的小說裡可見擬人法的自然描寫，卻不多見人類為自然所包裹的情形，反而是北歐和俄國作家較常出現類似日本式的自然描寫筆法。法國自然主義作家的自然描寫，雖然在技巧上精雕細琢，但那畢竟像生魚片下的蘿蔔絲，至多是個襯墊的配角而已。

日本小說中對於自然的著名描寫，首推志賀直哉《暗夜行路》後篇的末尾部分：

黎明時景物的變化非常迅捷。不一會兒，回首而觀，橙色曙光像從山頂那邊湧起一般昇上來了；愈來愈濃，不久又開始褪色，這時四周驀然亮起。茅草比平地矮短，到處都是巨大的野當歸。每根野當歸都開著花，往遠處延伸。此外，女蘿、吾亦紅、萱草、松蟲草等等都雜在茅草中開了花。小鳥輕鳴，投石般畫個弧線，從空中飛過，潛入草叢。

中海那邊，向海延伸的群山頂峰染上了顏色，美保關的白燈塔在陽光照耀下浮現出來：

半晌，中海的大根島也有了陽光，像把紅魟魚翻過來一樣，巨大而平坦。村莊的電燈熄了，炊煙處處。山麓的村莊還在山陰下，反而比遠處黑沉。謙作驀然發覺，自己所住的大山已清晰投影在剛才所見景色中。影子的輪廓從中海移至陸地時，米子的市街頓時明亮起來。影子像曳網一樣不停繞動；也像貼地而過的雲影。大山是中國最高的山，有輪廓明晰的強勁線條，在平地上可以看到此山山影，實在難能可貴。謙作為此深受感動。

志賀直哉《暗夜行路》[11]

堀辰雄的作品《美麗的村莊》，描寫人物被覆蓋在大自然的陰影下，就像紅色的橡實在葉間若隱若現的情景，是個奇特的小說。透過作者之眼所看見的一片精緻而人工的自然，幾乎形成了這部小說唯一的主題：

村莊的東北方有一座山嶺。

古道上的冷杉和山毛櫸鬱鬱蒼蒼地遮蔽了日光。古老的樹幹上，藤、山葡萄、木通等等的蔓草錯綜複雜地盤桓伸展。我一開始會注意到蔓草的原因，是有一回被垂盪在冷杉枝頭的藤花嚇了一跳，然後才發現到冷杉上盤結的藤蔓。藤蔓竟能長得如此茂密啊！被藤蔓纏繞的冷杉愈長愈粗之後，那些執拗的藤蔓就這麼嵌進樹皮裡，使得這棵樹看來被束縛得苦不堪言——我看著也不禁難受起來。

堀辰雄《美麗的村莊》

梶井基次郎的小說也有許多相當出色的自然描寫，之前引用過的小說《蒼穹》就是其中之一。日本作家將自己深深埋沒在大自然裡的時候，筆下的自然描寫自有象徵層次上的高度，和西洋文學中的人物描寫具有相等的獨立價值。日本式的自然描寫和西歐自然主義式的自然描寫完全不同，例如，武田泰淳在《在流人島上》一書中描寫狂暴的南海，讓這個短篇小說整體上就像是幅奔放而奇詭的南畫[12]：

我一邊把濱蘭的果實拋撒在岩石的前端，一邊趕往妥莫歐地。那裡已經是個草木不生的岩石地，綠色的果實高速落下後在岩石上彈起，又掉進岩場深險的縫隙裡。上上下下的岩石，才見它齜牙咧嘴地橫擋在前，忽而又是低平的岩塊，好像一塊一塊弓著身子湊在一起，又像是彆扭地紛紛拉開彼此的距離一樣。毛沼的獨木舟就藏在這片岩場的某個地方。越過幾座大岩盤之後就來到了一片天然的岩場，那是與五郎、金次郎和為朝這些被流放至此地的罪犯，甚至島民們來到這裡之前，就已經形成的景觀，是海底火山爆發時，熔岩噴湧至此的遺跡。它們是和波浪一樣自由的岩石，是被封在礦物形姿裡的波浪。下到峽谷底部以後就看不見波濤了，只聽得見海在數重岩壁之後心有不甘地低吼。濡溼的砂粒從指尖滑落成塔，還有被貓咬了一半的鼠屍，此外就是姿態各異的岩石聚落，以相當古典的方式高高低低地營造出一種自然的興奮狀態。

武田泰淳《流人島上》

在這些小說裡，自然描寫比故事本身更決定了小說的價值，這和巴爾札克為加乘故事效果而寫的自然描寫在性質上是截然不同的。

接下來的問題就是自然描寫和小說的關係了。小說畢竟是人的故事，它的生成過程原本就是反自然的，因此之前我提到日本的小說不像小說，反倒像詩，也和自然描寫的這種特殊性有關。我在前面引用了若干人物描寫的範例，相信讀者可以從中察覺到，有些範例在描寫人物時，就和描寫自然沒什麼兩樣。相較於人類生活在時間上的持續、變化或破綻等等動態的元素，大自然靜態的象徵元素給予日本作家更強烈的吸引力。我不認為這對小說來說是負面的，反而相信是因為這點的不同，而塑造了日本小說獨特的韻味。

心理描寫

從平安朝開始有了女性書寫以來，心理描寫一直是日本文學的強項之一，而且與現今所說的「心理描寫」，在各方面的意義上都大不相同。日本作家傾向將心理、感情、情緒、氛圍等等視為風、雨等自然現象的延伸，這和法國古典主義文學把心理視為獨立的、作者可以恣意操縱的、也有其邏輯上的必然性的這種想法大異其趣。

話雖如此，儘管方法或有不同，人類的心理千古不變，甚至有四海共通之處。縱使觀察的角度不同，日本古典文學對人心深淵的挖掘和法國古典文學——例如拉辛[13]在戲劇中所挖掘的人性——並沒有太大出入，只是對人性的理念不盡相同而已。

即使不靠現代心理描寫的手法，我們也可以藉由研究江戶時代的「人情本」之類的二流文學——例如，為永春水的小說等——之中浪蕩子的心理找到一些恆常的人性真理。然而現代小說的心理描寫乃是出自更明確的意識傾向，使用的是全新的手法，它不像日本古典文學那樣捕捉人類自然而微妙的情感，而是由歐洲現代文學發展出來的一種有意識探求人類內心的手法。在歐洲，一般認為現代心理小說最好的典範是斯湯達爾，可是日本對心理小說的認識混雜了三個不同的流派：伊藤整所引介如喬伊斯《尤里西斯》這類的盎格魯薩克遜式心理小說、延續法國文學傳統的法國式心理小說、以及普魯斯特自稱受到柏格森哲學激發而發明的「立基在直覺上的心理主義文學」，杜斯妥也夫斯基的心理剖析小說或許也可以另外歸為一類。總之，對人心動向極其敏感的日本人，相當傾心西歐的各種心理小說，其中一個原因是，由於人類心理基本上大同小異，剝去了社會習俗的外衣、描寫赤裸人性的心理小說，可以算是文化隔閡最少、最容易親近的西洋文學類型。

我自己相當喜歡雷蒙·哈狄格的小說，他的作品屬於前述四種心理小說中的第二種——「繼承法國古典傳統的小說」，上承《克萊芙王妃》[14]、《阿爾道夫》[15]等一系列的心理小說，至今在法蘭絲瓦·莎岡[16]的作品裡仍然可以看到這個傳統的足跡。

在同人誌的小說常常可以看到第一人稱的敘事裡，夾雜著第三人稱的描寫，所以會出現諸如「我非常愛她。她對我並沒有特別的感覺，因此在心裡笑我傻」這種人稱混淆的情況。作者的態度若不明確，小說就無法對人性心理做有效的分析。普魯斯特著名的作品《追憶似水年華》，通篇是從「我」一個人的觀點，再加上敘述者間接的知識描寫而成，因此能夠締造出一個紮紮實實的、第一人稱的心理世界。與上述相反的，如哈狄格那一類的小說裡面，作者則是站在神的位階上，將人物像棋子般隨心所欲地操弄。因此，心理描寫約略可以分成

「主觀的心理描寫」和「客觀的心理描寫」兩種類型，前者的經典就是普魯斯特，另外，卡夫卡的小說寫活了人類對於未知／不可知事物的不安與恐懼，這種象徵性的心理描寫或許也可以算在主觀的心理描寫這一類。

我懷著剛才說的綿綿愁思，走進蓋爾芒特公館的大院，由於我心不在焉，竟沒有看到迎面駛來的車輛，電車司機一聲吼叫，我剛來得及急急讓過一邊，我連連後退，以至止不住撞到那些鑿得粗糙不平的鋪路石板上，石板後面是一個車庫。然而，就在我恢復平靜的時候，我的腳踩在一塊比前面那塊略低的鋪路石板上，我沮喪的心情溘然而逝，在那種至福的感覺前煙消雲散，就像在我生命的各個不同階段，當我乘著車環繞著巴爾貝克兜風，看到那些我以為認出了的樹木、看到馬丹維爾的幢幢鐘樓的時候，當我嘗到浸泡在茶湯裡的小馬德萊娜點心的滋味，以及出現我提到過的其它許許多多感覺，彷彿凡德伊在最近的作品中加以綜合的許多感覺的時候我所感受到的那種至福。如同我在品嘗馬德萊娜點心的時候那樣，對命途的惴惴不安，心頭的疑雲統統被驅散了。剛才還在糾纏不清的關於我在文學上究竟有多少天分的問題，甚至關於文學的實在性問題全都神奇地撤走了。我還沒有進行任何新的推想、找到點滴具有決定意義的論據，剛才還不可解決的難題已全然失去了它們的重要性。可是，這一回，我下定決心，絕不不求甚解，像那天品味茶泡馬德萊娜點心時那樣甘於不知其所以然。我剛感受到的至福實際上正是那次我吃馬德萊娜點心的感覺，那時我沒有當即尋根刨柢。純屬物質的不同之處存在於它們所喚起的形象之中。一片深邃的蒼穹使我眼花撩亂，清新而光彩豔豔的印象在我身前身後迴旋飛舞。只是在品味馬德萊娜點心的時候，為了攫住它們，我不敢挪動一下，致力於使它在我心中喚起的東西傳達到我身上，這一次我卻繼續顛簸著，一隻腳踩在高的那塊石板上，另一隻腳踩著低的那塊，顧不得引起那一大群司機的哂笑了。每當我只是物質地重複踩出這一步的時候，它對我依然一無裨益。可是，倘若我能在忘卻蓋爾芒特府的下午聚會的同時，像這樣踩著雙腳找回我已曾有過體驗的那種感覺的話，這種炫目而矇矓的幻象便重又在我身邊輕輕飄拂，它彷彿在對我說：「如果你還有勁兒，那就趁我經過把我抓住，並且努力解開我奉上的幸福之謎吧。」於是，我幾乎立即把它認了出來，那是威尼斯，我為了描寫它而花費的精力和那些所謂由我的記憶攝下的快照從來就沒有對我說明過任何問題，而我從前在聖馬可聖洗堂兩塊高低不平的石板上所經受到的感覺卻把威尼斯還給了我，與這種感覺匯合一起的還有那天的其他各種不同的感覺，它們停留在自己的位置上，停留在一系列被遺忘的日子中，等待著，一次突如其來的巧合不容置辯地使它們脫穎而出。猶如小馬德萊娜點心使我回憶起貢布雷。

普魯斯特《追憶似水年華》17

至於客觀的心理描寫，就彷彿作者站在天花板上對每個人物照X光，興趣盎然地描繪他們的心理起伏。這種古典式的心理描寫從以下哈狄格的一小段作品裡就看得到：

有天晚上，他們一起去看戲劇，按照慣例，在車上，方斯華依然坐在這對夫婦的中間，因為沒坐好，想調整一下位子，於是便把手臂伸入瑪歐的手臂下。他為自己不由自主地竟做出這樣的舉動嚇了一下。之後他卻不敢將手臂收回。瑪歐知道這是個無心的動作，為了息事寧人，她亦不敢將手臂縮回。方斯華心中猜想著瑪歐的細膩心思，但感覺不出有鼓舞之意，於是兩人便這樣痛苦地僵坐不動。

雷蒙．哈狄格《伯爵的舞會》18

不過，最大的問題在於心理描寫和感覺描寫的分界在哪裡。像哈狄格這種把人分解成心理元素的小說畢竟是少數，而日本人——就像我之前提過的，傾向於把心理和官能或感覺的分界模糊化，甚至認為這才是一種文學上的禮儀。雖然精神分析學的知識已經證明，心理的背後還有更廣大的無意識領域，也確實有些古典的心理描寫涉及到了無意識領域，但是像普魯斯特、喬伊斯等作家，毋須假借龐大的無意識領域的力量，仍然可以有條有理分析心理層面的問題——這裡可以看到最典型的西歐式心理描寫的信仰。莫里亞克[19]——據說他曾經以拉辛為師——的心理小說裡，隨處可見精彩的心理描寫，就連最陰暗的感覺或官能，也總是緊貼著心理的內面被描繪出來，這倒相當近似於日本人描寫心理的手法了。

她把那些字和數字再讀了一次。死亡。她一向害怕死亡。重要的是不要直接去正視死神的臉孔——只想立刻的、必要的動作——倒水，攪散藥粉，一口吞下，閉起眼睛躺在床上，什麼也不要想。為什麼怕這種睡眠甚於其他的睡眠呢？她在發抖，那只是因凌晨清冷的緣故罷。她下了樓，停在瑪莉的房門口，乳媽的鼾音彷彿野獸的咕嚕聲。苔蕾絲把門推開了一點，逐漸明亮的光線從窗板間滲了進來，小鐵床的床架在暗淡中露出白色。兩隻小拳頭放在床單上，尚未定形的輪廓沉沒在枕頭裡，過大的耳朵乃得自她的遺傳。人家的話沒有錯，熟睡中的孩子實在長得跟她一模一樣。「我就要走了——但是我的這一部分將留下來，完成它自己的命運，一點也不能省略。」趨勢如此，血的法則——無可逃避的法則。苔蕾絲曾經讀過絕望的女人，帶著她的孩子一起走進墳墓。後來的人讀到這種事，手裡拿著的報紙不禁鬆落。這種事怎麼可能呢？因為天性是個怪物，苔蕾絲知道這是可能的，但卻是沒有理由的……她跪了下來，輕輕地吻了一隻小手。她意外地發覺眼眶裡竟然濕濡著，幾滴可憐的淚水從她內心深處滾落下來，一滴滴地燒著她的面頰，她本來是一向不曾哭過的！

她起身，多看了孩子一眼，然後走進臥室。她倒了一杯水，扯破封漆，遲疑了片刻，不知道要選擇哪一包毒藥。

佛蘭索瓦．莫里亞克《苔蕾絲》20

我們平時可以從人的表情和神色去了解對方的內心，因為表情和神色有時比語言更清楚明白，語言無法道盡的心情，有時雙眼就能講明。小說的文章若只侷限在心理描述，就會變得通篇都在看人臉色，這是心理小說經常掉入的陷阱：一切都令人猜疑，一切都無法相信，人只能活在虛幻的臆測和不安當中，但在所有事物都相互齟齬之下，終於不免還是造成悲劇。拉辛悲劇的心理剖析基礎，來自楊森教派21的信仰，傾向於強調人性本然的惡。心理主義文學必須致力從人性心理中找到一個足夠支持人活下去的信念，在杜斯妥也夫斯基寫全能的神與人之間相互爭鬥的小說裡，或者在普魯斯特喚起無意識的記憶時，皆可見到這份恩寵降臨的那一瞬間。

有了電影之後，心理描寫就成了小說效顰電影的伎倆，一些新手小說家不了解心理描寫的毒性，往往當做裝飾一樣濫用而不自知。小說之中如果加上一些適當的心理描寫，可以讓整部小說頓時精彩起來，但只有真正了解心理描寫的虛幻與可怕的人才能操縱自如。從這個意義上來看，哈狄格或斯湯達爾的小說雖然著眼於心理描寫，卻並非只停留在心理的層面，作者只追求合理的心理轉折，可使人物有鮮明的形象，小說因此重拾它的故事性和行動力。哈狄格小說裡所蘊含的古典秩序和態度，點出了人類心理活動的確實性，因此他的描寫可說是把人類純化、將人們從心理分析的泥沼中拯救了出來。在哈狄格的作品裡，心理描寫恰好是它自身的反證，它對無論如何不可知的人性宣揚了理性的勝利。就我自己的經驗而言，在我還是個文藝青年的時代，因為不懂這些，寫出來的心理描寫個個落入不可自拔的泥沼當中，有時甚至毀了小說的結構。所以我們在閱讀小說的時候，千萬不可以把心理描寫視作為一種裝飾性的趣味，但悲哀的是，現今的讀者喜歡小說有一定的行動性，而且似乎也格外偏愛甘甜好入口的心理描寫。

行動描寫

心理描寫是文學的特技，行動描寫卻不是。電影出現之後，它就成了最方便刻劃人類活動的媒體。過去在敘事詩的時代裡，作家曾經以文學描述人的行動，透過詩的韻律、各種裝飾性的修辭，或類型化的技巧對行動進行大篇幅的描述，卻絕少去深究行動內在的本質，因此終究只能看成文學在先天限制當中的大鳴大放而已。

語言跟隨在行動之後。敘事詩人在事件結束之後發聲，以辭藻雕刻下這個瞬息即逝的行動以傳後世，彷彿遺世而獨立的作者。行動就在敘述當中被無意識地類型化，嚴格來說已經不存在所謂個人的行動，因為在敘事詩人的敘述當中，是沒有所謂個人行動的。

最後兩支軍隊遭遇了，盾和盾，矛和矛，銅甲戰士對銅甲戰士，互拚起來，盾心的浮雕相碰，發出巨大的怒吼。垂死者的慘嗚和殺人者的誇口相應和，鮮血灑在地上。像冬天兩條水量充沛的澗溪，匯合起來注入深谷中的潭裡，牧人在遠處山上可以聽見它們的訇隆聲。兩支軍隊互搏，就發生這樣的騷動和喧嘩。

兩人（譯註：栗生、篠塚）毫不費力地將兩座舍利塔抬到了壕溝邊上，驕傲地說：「人稱異國的烏獲、樊噲，還有本邦的和泉小次郎、朝夷奈三郎皆是舉世無雙的大力士，可我倆更勝一籌。如果有人認為我在說空話，儘管上前來較量較量。」說著便將兩座舍利塔往對岸的方向推倒。兩座舍利塔並排著橫跨在壕溝上，就像京城四条、五条的大橋一樣。畑六郎左衛門和亙理新左衛門站在一旁觀看，向兩人打趣道：「兩位造橋鋪路的辛苦了！接下來的征戰就交給我們吧！」說罷，畑與亙理在舍利塔上大踏步踱到對岸，拆了敵軍的圍柵，直闖門關。守門的兵卒從三面襲來，數不清的長槍對著兩人直刺，但亙理新左衛門一個人就扳倒了十六把。畑六郎左衛門見狀，高喊道：「亙理，讓開！我來衝破這道牆，讓我軍能大舉進攻。」說罷便抬起右腳，對準門閂用力踹了兩、三下。由於力道強勁，兩根八九寸長的門閂攔腰折斷，大門的門扉和樑框也應聲倒地，五百多個守門的士兵見到這景象紛紛鳥獸散了。

《太平記》第十五卷

以一個第三者的角度站在行動之外觀察，將行為者自身無法得知的資訊表現出來，打

荷馬《伊利亞圍城記》22

從一開始行動與資訊分道揚鑣之處，敘事詩便成立了。就本質上而言，這和心理描寫以文字反映作者內心的心理、並且往往流於自我告解的型態是大不相同的。「行動」和「行動描寫」是兩個世界的兩碼子事。比如說，你舉起長矛在場上起跑、伸直手臂把長矛高高地擲向天空，當你看著長矛如你所預期地插入目標地的草坪時，依然會禁不住感動得發抖。你丟出了一支長矛——是的，這是憑你自己的意志與緊繃的神經所完成的一項行為，為了完成這項行為，你的體態想必也是經過了高度精準的訓練，但行為者卻無法對自己的行動進行任何分析。行為就在剎那間結束，能量消耗之後，一切也隨之在時間當中消散，只有紀錄留存。可是假使這裡有另外一個人，他的作為僅僅是仔細觀察擲矛者的姿態，盡量避免去想像擲矛者心裡在想著什麼——既然擲矛的人自己都不清楚當下的感覺，第三者自然沒有理由會知道。行動的體驗本身會隨著時間消逝，但是行動者勢在必得的眼神、優美的體態、收放自如的力度和滿足的微笑等等，都在此人的捕捉之下，連同周圍觀眾的瘋狂和破紀錄那一瞬間的感動都被記載下來。

行動描寫就是這麼回事。它來自文學最原始的職能——做紀錄以得到傳達與流傳，也註定只能記錄而已。記錄者就算想要深入擲矛者的內心，也必定徒勞無功，讀過之前荷馬和日本的軍紀物語之後，各位一定也看得出來，人類的行動畢竟只有幾種模式，並且是多麼地稍縱即逝。

行動描寫大概是文學中作者最不拿手的領域了，可是這乍看之下單純無比的寫法，卻成了將文學從心理的泥沼中拯救出來的良藥。讀過安德烈．馬爾羅[23]小說的人，想必能感覺到現代的行動文學，儘管不同於古代的敘事詩，卻同樣把「行動」這個人之所以為人的重要因素擺在重心。森鷗外是日本作家當中相當擅長描寫行動之人，他有潔癖，重理性，因此對鑽研人內心世界的懷疑主義嗤之以鼻，反而對封建時代武士在行動上的純粹感到心醉，所以寫了《阿部一族》這類的作品。他的《澀江抽齋》表面上無聊至極，淨是絮絮叨叨的日常瑣事編年記，卻會在某個瞬間爆開火花般的行動，讓讀者看到人的能量從平凡的日常當中，瞬間迸發出來的生命經驗。

三位來客把手放在刀柄上站了起來。抽齋坐在這四張半榻榻米大的房間邊上，一邊緊盯著三位來客的動靜，一邊看了一眼房門的開口，突然驚覺到了妻子五百的異樣。

五百赤裸的身上只纏著一條腰布，嘴裡銜著匕首，她正在門邊彎著身子去取邊廊上的兩只小桶子，桶子裡冒著熱氣。當她悄悄地回到房門口打開門後，便將兩只桶子擱在地板上。

五百提起桶子靠近了一步，背對著丈夫。接著，她將盛著沸水的桶子往左右兩名來客身上一丟，就取下嘴裡銜著的匕首、褪下刀鞘，瞪著站在壁龕前的來客大叫了一聲「竊賊」！被潑了熱水的兩個人連刀也沒拔，就爭先恐後地從房間逃到邊廊，再從邊廊逃進院子裡了，留下的那人也跟著飛奔了出去。

森鷗外《澀江抽齋》

這一小段文章精彩描繪了賢妻五百在激發出封建女性強烈意志力的瞬間，沒有多餘的修飾、不多做說明，只憑著行動描寫就突顯了整部小說的重要主題。

到了現今這個連戰爭都可以用一個按鈕解決的時代，值得描寫的活動大概就只剩下體育了。偏偏描寫運動是難事中的難事，因為運動乃是藝術化的行動，那是人類修練原始肉體能力的結果，以往是跟著社會的目的意識，將原本用在將戰鬥上的能量抽象化後演變而來的。根據河上徹太郎的說法，運動需要不斷地練習，而樂趣也就蘊藏在這個持續不斷的過程裡，是以運動和藝術這種一次性、無法重來的行為有著根本上的矛盾，致使運動幾乎不可能有藝術上的表現——這真是至理名言，照這麼說的話，我們讀過的那些運動小說根本是粗製濫造品。假使我們要寫運動，頂多只能寫寫運動員的心境，根本無法描述運動本身。田中英光的《奧林帕斯的果實》刻劃了一名奧林匹克運動員的心情，但對於運動本身則什麼也沒談。在大家都沉迷收看電視轉播職業棒球的今天，運動已經被當成一種可以觀賞的事物而不是去做的活動，因此也竄出了一些把運動當成觀賞對象的小說。不過，所謂把運動當成觀賞對象的小說，無非是行動藝術化的再藝術化，就像一齣戲只描寫舞台，什麼看頭也沒有，更別提真正的感動了。

文法與文章技巧

首先來看人稱。小說的寫法若不是以第一人稱的觀點書寫，就是以第三人稱，不過最近法國有一派所謂「反小說」，作品裡面也出現了第二人稱寫的小說，但這是特例，小說畢竟還是以第一人稱和第三人稱為主。第二人稱的小說聽來新穎，可是以往的書信體小說其實就算是一種第二人稱的小說了。最適合寫小說的人稱是第三人稱——第一人稱用來寫日記，第二人稱用來寫信，可是用第三人稱寫的文章，既非日記，也不是書信，而必須是部作品。日語中的「私小說」常被拿來和德文的「第一人稱小說」（Ich-Roman）相互詮釋，但兩者在性質上根本上是不同的。德國的第一人稱小說是「成長小說」（Bildungsroman）的形式之一，最主要的元素就是「我」的成長歷程，然而日本的私小說並不拘泥在個人的成長故事。私小說描寫的是「我」靜態的所見所感，「我」的目光愈犀利，感受愈敏銳，小說的世界就會愈侷限在自我的範疇裡。私小說雖然不談成長故事，但就如伊藤整對私小說詳盡的說明所言，私小說將人生演技化，作者的心靈和人生的界限趨於模糊，甚至可以為了小說毀掉自己的人生。不過由於日本私小說的傳統已經根深柢固，它的影響力不僅僅影響了作家的精神態度，更深入浸透到文學技法裡，以我自己而言，明明知道用「他」還是用「我」來作為小說的主角，對讀者而言並沒有太大差別，但實際上用「他」作為主詞，總覺得文章多少有些輕浮，以「我」來寫的話，文章似乎就變得沉穩，足見小說中的約定俗成是多麼深刻地束縛著作家。

日語習慣將人稱省略，例如《源氏物語》裡頭就有很多地方的主詞曖昧不明，而私小說的主詞一旦定調成「我」，接下來幾乎可以完全省略掉主詞，也不必擔心造成讀者的混淆。同樣的，換成了「他」也可以一路省略掉這個第三人稱，這種簡潔的文章技法，讓「他」與「我」在無形中相互混淆，犧牲小說中的社會關係和群我分際，而產生讓小說潛移默化進入讀者心靈世界的效用。

急急地洗完臉後進入房間，房間已經被打掃得乾乾淨淨。純一的眼睛很快地被擱置在桌上的日記所吸引。與昨日的親身遭遇相比，要如何將來龍去脈記錄在日記裡頭的想法，感覺起來更為當務之急。記憶喚起記憶。純一被一種不安感籠罩，這是因為昨夜對於昨日之事的事後心理分析仍有所不足，感覺上會因此而誤導全盤判斷之故。以昨夜的想法和今早的思路來探討同一事件竟各呈不同風貌。

昨晚所發生的事不僅僅只是昨晚的事罷了，之後又會變得如何？捫心自問自己的確是毫無愛意。不過，夫人對自己的吸引力還存不存在倒是值得懷疑。難道是因為有種瘧疾病患發作完後的舒暢感，所以才會覺得一切已成昨日黃花？另外，自己難道不想再看到那謎樣的雙眼？甚至感覺上與昨夜通宵後的心理狀態不同，那雙眼眸的魔力多多少少還發揮著作用一般。

森鷗外《青年》24

從森鷗外之處，首先我學會了在寫小說時盡量省略掉人稱，另外又學到了使用擬聲擬態語要節制。一般而言，關西人在日常會話中用到這類語彙比東京人多許多。

他一臉茫然地回到家，蝶子突然抓住他的領子把他推倒，坐在他身上用力勒緊了脖子。「我……我……我……喘不過氣了，老……老太婆，妳幹什麼！」柳吉的腳啪答啪答地亂踢，蝶子這次則是下定決心要給他一點顏色看了，脖子勒緊了再勒緊，一下拳頭一下踢腿，直到柳吉哀嚎著求饒，蝶子還是牢牢地不肯放手。她看到柳吉因為妹妹招了一個入贅婿就灰心喪志，心裡倒沒生氣，只覺得這男人可憐，因此她的責打其實是充滿疼惜的。柳吉逮到了機會，哀哀叫了兩聲往樓下逃，轉了一圈之後發現沒地方躲，就把自己關進廁所裡了。

織田作之助《夫婦善哉》

擬聲擬態語使日常會話充滿生趣，但它在加強表達能力的同時，不免也使表達趨向類型化和流俗化。森鷗外就很不喜歡這種效果，他的作品堪稱是擬聲擬態語用得最少的。大眾小說裡至今仍然常用「是嗎？啊哈哈哈……」這種實在幼稚的詞，可是現在看來已經無人在意了——小學生的作文就很喜歡用這種寫法：「玄關的門鈴叮噹叮噹地響起來了」、「開場的鈴聲叮鈴鈴地響起之後，戲劇就開演了」。

擬聲擬態語的首要特徵是它毫無抽象性可言，除了把事物原原本本地傳達到人耳裡的功能以外，它是失去了語言機能的墮落型態。若和抽象語詞混在一起使用，反而會污染了語言的抽象性；若濫用失度的話，甚至危及作品世界的獨立性。擬聲擬態語在小孩的文章和女性的文章裡被廣泛使用，但是也有些女性作家能夠藉著善用它，傳達出女性獨特的感性世界。

鋸山的嘮嘮叨叨當中夾雜著勝代嘎嘎嘎的嗓音，像是不情不願地被錐子在後頭戳著趕進柵欄裡的豬。鋸山的焦燥愈演愈烈——這是意料中的事，接下來恐怕巡察這個預料中的來客就進來了。玄關頓時「咻」地一下子沸騰了，而後又再一次滾沸，形成男人、男人、勝代，三個人短促而刺耳的斷奏曲。

梨花因為忍受不了勝代的嗓音，拿了水桶和掃帚藉口打掃逃到二樓去了。她壓根忘了主人不久前才吩咐，今晚有住宿的客人，乒乒乓乓地清掃起天窗來，又順手把向著馬路的四張拉門也啪噠啪噠拍個乾淨了。忙完之後打開門——這又是怎麼回事？對面人家的大門和後門邊上都圍著一群穿西裝的男人，這些人騎來的腳踏車在大路上聲勢浩大地停了一排。

幸田文《流》

擬聲擬態語可以說是女性為了傳達自己所見所感的真實性，而不得已為之的粗暴表達方式，可是當它出現在幸田文充滿特色的文體當中時，卻一點也不顯得突兀，反而讓人親身感受到了幸田文本人溫暖的氣息。不過就文章而言，能夠令人感受到作者本人溫暖的文章，這樣是否就算好文章，尚有置疑的餘地，但幸田文想必對每一個擬聲擬態語都用心講究過，決不會輕易寫出「玄關的門鈴叮噹叮噹地響起來了」這種句子。

擬聲擬態語可說是各民族兒時體驗的積累。日本的貓叫聲是「nyo」，西洋的貓叫是「miao」，把「miao」翻譯成「nyo」的時候，我們就已經將別人的幼時體驗轉化成自己民族

的幼時體驗。也因此，頻繁出現擬聲擬態語的翻譯，乍看之下雖然十分容易親近，卻稱不上是上乘的翻譯。

接下來談形容詞的問題。形容詞是文章當中折舊最快的，因為它和作家的感受能力及個性的關係最密切。森鷗外的文章之所以永遠常青，正是因為他對形容詞的使用相當節制。可是，形容詞畢竟是文學裡的繁花和青春，少了形容詞就寫不出絢麗繽紛的文體。和形容詞類似的還有「像」、「彷彿」這些語詞所連接的比喻，岡本加乃子的文章就是形容詞和比喻盛放的花圃。

斜坡兩旁又黑又壯的老樹像是一道鋼鐵般的廊門，枝頭上滿是淺黃色的嫩葉。當桂子走上斜坡時，她突然想起了拱佐洛拉的起士——那在脂肪腐化後沿著裂紋生出的黴斑，綠得多麼妖豔哪！桂子不禁相信這個世界上一定存在著實際上看不到、也無法定位的美。

桂子孤單地走著走著，突然升起一股慾望，想要一些像起士一樣強烈而濃厚的東西。她突然覺得那個在講習所上課、招待千子這些學生喝茶的時候，用麥落雁這種枯淡的茶點將就了事的自己，好像是另外一個人。難道是因為到了國外，連口味都被同化了的緣故？

雨停了，黑玫瑰色的天光呈漏斗形流瀉而下，零零落落的灌木圍籬突然冒出了膠質般強烈的草腥味。桂子看見荊棘生出了針狀的新芽，顏色和姿態都像嬰兒般嬌巧，覺得可愛無比。

岡本加乃子《花之堅勁》

我們對翻譯文章那種一個名詞伴隨諸多形容詞和子句的文體已經逐漸習以為常。從「溫柔美麗的人」這樣單純的日文，擴展到諸如「那是一個何等糾心、陰慘、又沒來由地吸引目光，來自黑暗、眩惑的情感深處卻有著喚醒人的魔力的，怪異又荒寥的風景」這種形容詞和子句接二連三的複雜構句，都已經成了日文的一部分。後者那一類的文體在新手作家的小說中早已不足為奇。這種寫法最極端的表現就是普魯斯特的文章。且看看普魯斯特如何描寫光線在祖母房間中移動的微妙變化：

外祖母的房間與我的房間不一樣，不直接面對大海，而且從三個不同角度採光：海堤的一角，一個內院，田野。這房間內的器物也與我的房間不同，有上面繡著金銀絲線和粉紅色花朵的沙發。一走進去便聞到的那種清新芬芳，似乎從那玫瑰色的花朵上散發出來。我更衣出去散步之前，穿過這個房間。這時，從南面進來的光線，與不同時刻進來的光線一樣，折斷了牆角，在海灘的反光旁，將絢麗多彩的臨時祭壇安放在五屜櫃上，似乎放上了小徑上盛開的鮮花；光線那收攏、顫抖又溫暖的雙翼掛在牆壁上，隨時準備重新飛起。那光線像洗浴一般，晒熱了小院一側窗旁一方外省地毯，陽光如葡萄藤一般裝點著小院，為小院的美麗動人、豐富多彩又加上動態的裝飾，好似將沙發上那繡花絲綢一層層剝下，並將其金銀絲邊一一取下一般。這個房間有如一面稜鏡，外面光線的七色在這裡分解；有如蜂巢，我就要品嘗的白晝的津液在這裡溶解，散開，芳香醉人，看得見，摸得著；有如希望之圓，溶成怦然跳動的銀光和玫瑰花瓣。

普魯斯特《追憶似水年華》25

接下來……，「接下來」這種說法和「另外」、「再說」或者「其實」、「不管怎麼樣」這些語詞一樣，用在段落起頭時，可以因為它們的口語語氣，使文章增加親切感，卻也會因此失去了文章的格調。大岡昇平幾乎完全不在段落開頭的地方使用這些語詞，反而讓主詞打頭陣，呈現清楚明確的效果。這裡就隨意取大岡昇平《俘虜記》裡的幾頁為證，逐一檢視每個段落開頭的詞語為何：

「名譽心……」

「例如……」

「眾所周知……」

「增田伍長……」

「但是……」

「今天，許多的……」

「有一個俘虜……」

「一月二十四日……」

「就人而言……」

「就戰場上的事實而言……」

「他……」

「他的分隊……」

「據增田伍長說……」

「另外……」

翻過了整整四頁，才看見一個「另外……」起頭的段落，這就可以看出，作者是多麼刻意在避免口語的用詞了。

---

1 Jean de La Bruyere（一六四五～一六九六），法國散文家。

2 Raymond Radiguet（一九〇三～一九二三），法國小說家。雖然二十歲便因病英年早逝，但其創作的兩部小說《肉體的惡魔》（Le Diable au Corps）以及《伯爵的舞會》（Le Bal du Comte d'Orgel），卻獲得後世極大迴響。三島由紀夫即自承非常喜歡他的小說作品。

3 Andre Cayatte（一九〇九～一九八九），法國新浪潮電影導演，曾獲威尼斯影展金獅獎、柏林影展金熊獎。

4 原書名為 *Modeste Mignon*，1844年。

5 鍾斯譯《包法利夫人》，遠景出版社，一九九一年五月，第13頁。

6 趙少侯等譯《羊脂球 莫泊桑中短篇小說選》，商周出版，二〇〇五年十月，第149頁。

7 邱夢蕾譯《金色夜叉》，星光出版社，一九九四年十月，第6頁。

8 周弦譯《寢園》，十月出版，一九六九年四月，19～20頁。此處括號中的註釋為譯者周弦所加註。

9《蝴蝶夢》（Rebecca,1938）為英國作家Dame Daphne du Maurier（一九〇七～一九八九）的作品。後因希區考克改編成的同名電影而聞名。

10 Jens Peter Jacobsen（一八四七～一八八五），丹麥作家、詩人。

11 李永熾譯《暗夜行路》，遠景出版，一九九二年三月，414～415頁。

12 「南畫」的稱呼和地理上的南北無關，是中國「南宗畫」的略稱，但日本的「南畫」和中國的「南宗畫」在概念上則略有不同，它指的是明末以後經由長崎輸入日本的中國繪畫和理念，不重「寫實」而是「寫意」。著名的南畫畫家有與謝蕪村、浦上玉堂、富岡鐵齋等。

13 Jean Baptiste Racine（一六三九～一六九九），法國劇作家。

14 《克萊芙王妃》（La Princesse de Cleves）為法國第一部歷史小說，也是最早的小說作品之一。作者為法國作家 Madame de La Fayette（一六三四～一六九三）。

15 原書名為 Adolphe, 1816，作者為 Benjamin Constant（一七六七～一八三〇）。

16 Francoise Sagan（一八三五～二〇〇四），法國小說家、劇作家。

17 徐和瑾、周國強譯《追憶似水年華 VII重現的時光》，聯經出版社，一九九二年九月，193～194頁。

18 王玲琇譯《伯爵的舞會》，小知堂，二〇〇〇年十二月，109頁。

19 Francois Mauriac（一八八五～一九七〇），法國小說家，一九五二年諾貝爾文學獎得主。

20 張伯權譯《諾貝爾文學獎全集 30》，遠景出版，一九八一年十二月，88～89頁。

21 楊森教派（Jansenisme）或稱「楊森主義」，是流行於十七世紀的宗教思想，被天主教會視為異端。楊森教派否定人類意志的力量，主張人的罪惡使人不可免地趨向腐敗沉淪。

22 曹鴻昭譯《伊利亞圍城記》，聯經出版，一九八五年六月，59頁。

23 Andre Malraux（一九〇一～一九七六），法國著名作家，曾獲得龔固爾文學獎、諾貝爾文學獎提名，並曾任戴高樂時代的文化部長。

24 許時嘉譯《青年》，小知堂，二〇〇一年四月，99頁。

25 桂裕芳、袁樹仁譯《追憶似水年華 II在少女們身旁》，聯經出版社，一九九二年九月，282～283頁。

8

現實中的文章——結語

我是一個小說家。我坐在桌前，就像一個將空氣中的氫氣與氧氣化合起來，以製作出某種藥品的人一樣，我也在一無所見的空氣中汲取某些元素，將它們固定在文章裡。儘管我持續從事這項工作已經十多年了，技巧上仍然時而熟練，時而生疏，有時寫來輕鬆愉快，有時窒礙難行。一邊受到各種肉體上、精神上的狀況所牽制，一邊遭受各式各樣的文學理論、夢境，乃至現實的多方脅迫，要求我在每一行文字裡滿足諸多藝術上、社會上、歷史上的要求，這一切都讓我的筆停滯不前。

外行人經常提出來問我的一個問題是：你寫作的速度如何？這個世界上有一個月寫一千張稿紙的作家，也有一個月寫不到三十張稿紙的；有人可以一個晚上寫足一百張稿紙，也有人寫不到一張。已故的神西清先生曾經受邀寫一篇不到兩千字的文章，卻足足花了好幾年才寫成。我的情況是，平均而言，每個月不超過一百張稿紙；這一百張稿紙裡頭，有雜文、小說，也有戲劇，下筆的速度也不一而足，從這一百張稿紙裡頭來算出寫作的平均速度並沒有多大意義。有時像瘋了似地思潮洶湧，可以一個晚上寫完十幾張稿紙，有的時候則枯坐一個晚上，也寫不出半點東西來。寫得多或少並不是一個作家值得拿來自誇之事。谷崎潤一郎《盲目物語》這部總計兩百數十張稿紙的小說，是作者把自己關在高野山上，以一天僅僅一、兩張稿紙的進度寫出來的，由此可見，谷崎表面上流暢無礙的文筆，其實是如何苦心經營的成果。

文章奇特的地方在於，匆匆寫就的文章不一定緊湊，而節拍緊湊的文章往往是長時間苦心經營的結果。關鍵在於密度和節奏——文章寫得快，密度就疏鬆，讀者讀起來也就沒有緊湊感；慢慢寫的話，文章當然相對壓縮，讀起來就有強烈的張力。

我所見過節奏最快、最緊湊的文章是尚．考克多[1]的《騙子托瑪》以及《一字開》，這兩部作品緊湊的節奏，即便經過了翻譯仍然清楚可感。日本文學的話，之前引用過的《澀江抽齋》或許可算是快節奏的代表。

> 星星和白光燦燦的照明彈鏤刻出這冰涼的夜晚。吉庸第一次發現了自己的孤獨。最後一幕已經上演，這一幕帶著一些童話色彩。吉庸畢竟是陷入愛河裡了。
>
> 他決定不繞路，直接沿著最前線的掩體一路到達了埋坑的地方。從這裡開始就得用爬的了。他和布維耶在偽裝成紅土色匍匐前進的操練上一向是非常傑出的。
>
> 前進幾公尺後，就有一具屍體橫擋住他的去路。
>
> 一個靈魂沒來由的匆匆將這具肉體棄了而去。他以好奇又冷靜的眼光仔細地審視了這具屍體。

當他再往前進時，又遇到了別的屍體。這一個是被折磨死的，他的領子、鞋子、領帶和襯衫就像醉漢脫下的衣服一樣散置一地。四肢沾滿泥濘讓爬行變得困難，有時彷彿行走在天鵝絨上，有時又像保姆熱烈的親吻，把你留在原地。

吉庸時而停下、等待，然後再往前進。他在這裡必須卯足了全力求生。他無暇去思索安利耶德或是鮑爾門夫人的事，但鮑爾門夫人的身影就這麼出奇不意地在他心底浮現。

壕溝的這一邊已經因為水雷炸過、面目全非。儘管如此，他仍然記得四、五天前夫人在這裡向他傾吐胸中悸動的情景。

——無論如何，只能說我們的運氣夠好。他心想。大家都以為這個防禦區安穩無事，只有公爵夫人比我們更早感知到了將來的危機。夫人可說是預見了這個壕溝的毀滅。

尚．考克多《騙子托瑪》

我從不回頭對文章做修改。寫出來的每一篇文章，都真實呈現我在不同年代裡各種不一樣的所思所感，因此，時過境遷後再加以修正是不可能的。對我來說，推敲就是在每一張稿紙裡一決勝負，然後將文章合宜地謄寫在稿紙上，如果密度恰當又沒有曖昧不清的地方，就可以往下一張稿紙邁進。

從前只寫短篇小說的時候，我對文章裡即便只有一行平庸的文字都會感到極度不快，後來終於體認到，這對一名小說家來說不過是個無聊的潔癖。如何讓凡庸顯現出美，並且融入整體作品當中，才是小說這個大開大闔的工作之要務。如果是從前的我，大概很難不揉雜了自己的感覺，簡潔單純地寫出「月亮升上來，屋頂的遮陽板也明亮起來，兩人走出門去散步」這樣的句子，一定非得對月亮多加形容，對遮陽板的光線、獨特的色調加油添醋一番才肯罷休。如今我已不再在形容詞上下功夫，反而熱衷為文章做裁剪，但也要小心斷句過多會讓文章變得難以下嚥。另外，我也會注意文章看起來是否太個性化，因為太過個性化的文章會吸引讀者只看表面，反而無法關注故事本身。

我還格外小心同一個用詞是否每隔兩、三行就重複出現，所以若是剛剛寫了「生病」，下一個地方就改用「疾患」這個詞。古代中國的對句也給我很深的影響，比方原本想表達「她輕蔑理智」的地方，我喜歡加上對偶寫成「她看重感情、輕蔑理智」，這就像是對領帶的個人偏好一樣，改也改不掉。

有時我為了能簡明扼要地描寫行動，會在那之前鋪陳冗長的心理或風景描寫。文章的琢磨會因應各式各樣的目的而有不同的形式，但對我來說，維持一貫的節奏乃是唯一無可妥協的堅持。節奏不一定非得是七五調，藉著語詞細微的調整，就可以排除掉阻礙節奏流動的小石子。當然也有蓄意撒石頭、存心造成文章磕磕絆絆的手法，但我寧可試著變動小石子的位置，讓水流發生有趣的變化。西田幾多郎的文章裡因為折衷了漢字與德語，這種融合所產生的節奏，在我聽來就像久遠以前的樂音，令人懷念。據說維利耶的作品會令人聯想到華格納的音樂。我雖然認同文章在視覺上的美感相當重要，但文章當中某種厚重的節奏感，往往更容易將我打動。但話說回來，華格納式的文體顯然不是我想學就能學得來的。

重讀幾天前寫的文章，我發現自己在肉體上、精神上極端亢奮時所寫的文字裡，洋溢著無法重現的熱情。寫長篇小說的時候，最痛苦的就是心情明明已經降溫，卻還要接著之前熱情洋溢的文字繼續寫下去。不過巨觀來看，人內心的節奏在無意識底下仍然持續著，因此就算文字表面上有巨大的起伏、有細膩和粗糙的分別，回頭再讀時就會發現，其實全都在同一個節奏裡。或許只要作品寫得夠長，這作品所有的節奏終究會成為自己的一部分。

有時小說才寫到中途，我便回頭去重讀文章，然後把一些頻繁出現過去式的地方改成現在式。在過去式接連出現的地方，硬生生插入幾個現在式的時態，就可以輕鬆改變文章的節奏，這是日語的一項特權。因為除了倒置法以外，日語的動詞總是出現在句子的最末尾，因此過去式接連出現的時候，就很容易一疊聲全是過去式的語尾，所以需要適度地安插進幾個現在式的句子。

我在寫《潮騷》的時候，不時會用「……であった」[2]做結尾，這個語尾加強了故事的氛圍。不過，若是在寫實的小說裡過度使用，反而會讓內容顯得濫情。有段時間，我因為喜愛堀口大學翻譯的哈狄格小說，開口閉口都炮製它悲觀的語氣，如今想起來十分汗顏。

我也曾和大岡昇平提過，「他」的故事好寫，「她」的故事則不，因為「她」這個詞在日語中還未完全成熟，所以讀到「她」在小說裡排山倒海來的時候，往往讓我皺眉頭。

小說裡有女性角色登場的時候，我總是一而再再而三地直稱其名，盡全力避免用到「她」這個代名詞。附帶一提，這種用詞上的好惡相當個人，在小說以外的隨筆文章當中，我就非常不喜歡用「ぼく」[3]來自稱。「ぼく」這個字眼裡伴隨著的日常會話般不經心的感覺、以及刻意炫示年輕的意味，都會損害文章的格調。我不認為「ぼく」是一個適合在公眾面前使用的詞彙，它只適合在日常會話裡流通。

我們對詞語的感覺自然也會因為文章的屬性不同而有變化。例如，我不喜歡在小說裡提到電影明星的名字——今日紅極一時的瑪麗蓮夢露在十年之後還會有誰記得呢？即便我的文章過了年就不值一文，但創作的時候，若不想著十年留芳的願景，如何還有書寫的樂趣呢？

假如我在文章裡寫，「像瑪麗蓮夢露那樣的女人」，恐怕十年之後已經沒有人清楚「瑪麗蓮夢露」所代表的意涵，也沒人看得懂這句話的意思了。不過，這個潔癖只能在小說或戲劇創作裡貫徹，要是在隨筆、手記等等雜文當中都不准提到電影明星的名字，恐怕是強人所難。

我是一個小說家，對於評論、隨筆這些小說以外的文類難免就比較隨便，葷素不忌，有時甚至刻意調笑，不像寫小說時那樣堅持自己的好惡與潔癖，但同時我也要求自己必須邏輯清楚，然後用一些流俗、不正經的表達方式來緩和文章當中生硬的道理。

我雖然是以這樣的堅持在創作，仍然會對自己過去的作品感到不甚滿意，明年再看現在這篇文章的時候，大概也會覺得不滿意吧。要說這是不斷在進步的證明，也未免太過樂天，有些看不清自己的人往往就在不滿意中停滯，甚至退步。對文章的喜好會不斷在改變，但沒人能保證，改變一定會從壞的喜好轉變成良性的喜好。既然要創作，寫出自己現在覺得最好的文章才是最重要的。

或許有人會說，這是一種中產階級的脾性，但我仍然主張格調與氣質才是文章的至高目標。我尊敬有格調、有氣質的文章，即使它的立場與我相左。我在看當代作家的時候，同樣是依著自己頑固的好惡，做出與一般評價截然兩樣的看法。在日語的內容逐漸增多、模樣也日益駁雜的今天，在流氓的語言和紳士的語言可以混淆不清，而娼婦的語言和閨秀的語言也已經無所區隔的時代裡，要求文章要有格調、氣質或許已經不合時宜，然而我相信，持續談論「格調、氣質」這些很難一語道盡的理想，或許有一天會像在黑暗中逐漸清晰的眼睛，給後世的人們看見光亮。

說得具體一些，文章的格調和氣質完全由古典的造詣而生。古典的美與素樸無論在任何時代都能打動人心，就算是包羅萬象、人事紛雜的現代文章，要能不受當今的怪象扭曲，都必須在某些方面依賴古典以克服亂象。如果文章的最終理想是藉由文體來抓住浮表的現象，那麼氣質和格調畢竟仍是文章最終極的理想。

---

1 Jean Cocteau（一八八九～一九六三），法國詩人，並身兼小說家、評論家、劇作家、畫家、設計家和電影導演等多重身分。

2 有加強語氣意思的過去式助動詞。

3 「僕」（ぼく）是男性自稱「我」的人稱代名詞，用於非正式場合；一般來說，地位較高、年齡稍長的男性不會主動使用這種自稱。無分男女的第一人稱是「私」（わたし），也是較為正式的說法，三島在本書中自稱「我」的時候用的就是「わたし」。

附錄　關於文章的Q&A

一、怎樣的文章能令人陶醉？

一滴顏料的注入，在他來說，並非是輕而易舉的手藝；每刺一針或拔一針，都使他深深喘了一口氣，渾若刺到了自己的心。針刺的痕跡，漸漸地已具備了一隻巨大女郎蜘蛛的形象，到夜幕再度汎起魚白色的時分，這帶有不可思議的惡性的動物，已伸展了八隻腳，蟠繞在背部的全面。

春之夜，在上下河船的櫓聲中露出了熹微的光線；從初現於孕育著晨風順流而下的白帆頂端的霞光中，箱崎、中洲、靈岸島家家戶戶的屋瓦閃爍作光的時刻，清吉終於擱置了畫筆，兩眼盯住刺在姑娘背部的蜘蛛。只有這一回的刺青，纔能算是他的生命的全部。但於完成了這一個工作之後，他的一顆心卻感到空虛。

谷崎潤一郎《刺青》1

谷崎潤一郎早期的文章著實令人陶醉。那裡頭有上等的醇酒香，讓人目眩神馳，像喫了麻藥般遠離現實與理性。

所謂文章，就算再怎麼講究理性，也或多或少具有令人陶醉的作用，我們甚至可以醉倒在哲學家的文章裡。只不過，醉人的酒也有劣質和上等的分別，酒當中也有甜口、辣口的分類，層次低點的讀者就享用低級的酒，高級的讀者享受高級的酒味。吸引不了你的文章也有可能讓別人醉倒。不過，畢竟文章不是酒精，沒有四海皆通的醉人要素。

二、情慾的描寫可以深入到什麼地步？

《查泰萊夫人的情人》對情慾寫實的描繪曾引起軒然大波，最後吃上官司成了禁書。其實勞倫斯這本書不是為了性行為而寫，不過是把性的描寫當做一種思想傳達的手段。隨手翻翻同人誌，一定可以看到更多既猥褻又彆腳的性交橋段。河上徹太郎說，性行為和運動是一樣的，一回生、兩回熟，熟練之後就能找出樂趣；性和運動的這種共同特性不太可能在文章當中傳達出來，不過這段話真是至理名言，世上並不存在描寫「性行為」的好文章，這和我在談行動描寫時說的是一樣的原理。

先代梅幸走進舞台上的一個隔間，和男人睡了一覺再走出來時腰帶的繫法變了，這是性行為的藝術性暗示。具體的性交描寫反而一點不會讓人覺得猥褻，從文學中得到的色情感受，基本上是經過大腦和理智處理，本質是屬於觀念上的；我們並不是從文章當中直接感受到色情，而是觀念上接受性的刺激，是一種主體並不參與其中，只在官能上受到刺激的狀態，就如沙特定義的，以躲在洞眼後頭偷窺他人性交為樂就是種猥褻，文章描寫得愈抽象就愈接近猥褻，拉克羅[2]寫的抽象小說《危險關係》，恰恰證明了這則真理。

因此，法律和民眾如果稍微聰明一點的話，就應該在處罰《查泰萊夫人的情人》之前，先辦了《危險關係》才對。只不過，後者的猥褻是需要高度知性做媒介的猥褻，不具普遍性而已。

三、什麼叫「文如其人」？

這句古老的格言最終會成為真理。我曾經在〈論川端康成〉裡提到，作家的文章和作品在不知不覺間會愈來愈和作家的生活相互呼應，梵樂希也有一句名言說，作家才是作品製造出來的成果。因此，當文章和作者互為表裡時，才稱得上真文章，若是段數太低，無論如何沒法「文如其人」。可是在一般人的眼裡，再庸俗的人寫的文章看起來也有聲有色，彷彿語言是任誰都能自在使得似的。

四、文章是否會受到生活環境所左右？

本書的目的就是要告訴你，文章是需要長時間磨練和專業訓練才能成就。人無法在行動的當下進行書寫，文章總是在行動之後發生。我們的生活環境日漸受機械化的現代生活所包圍，因此很容易產生粗鄙的文章——讀一讀新聞記者寫的文章就知道了。但重要的不是文章會不會受到生活環境左右的問題，而是在於寫文章的決心和理想。如果一個人對文章有真正的理想和高尚的品味，那麼即便利用的是做家事的空檔，還是忙碌工作的空閒，最後的作品都不會受到生活環境影響。也正因為如此，我對於社會上有部分風氣把文章區分出所謂「勞動人民的文章」、「生產者的文章」這類階級區別，然後大加讚譽的做法相當反感。

五、有沒有把動物描寫得很好的文章？

我相信任何人聽到這個問題，都會回答是志賀直哉的《在城崎的時候》：

暮色漸濃，我走著走著，前面仍然有轉彎。我決定要回去了。無意中視線移向路這邊的河面，水中露出半個榻榻米大的石頭，石上一隻黑黑小小的東西，細瞧，原來是蠑螈。身子濕濡的，色澤很好，牠凝然不動的面臨流水，身上的水滴下來，乾而黑的石頭有一點被弄濕。我不知不覺地蹲下來看。我一向不討厭蠑螈。蜥蜴有一點喜歡，壁虎則是蟲類中最不喜歡的了，蠑螈呢，不討厭，但也沒有好感。十年前在蘆湖時，常常看見蠑螈聚集在旅館水溝的出口處，我曾想自己若是蠑螈，但真受不了，假若錯生成蠑螈，感覺又是如何？因為看到了蠑螈才想起了這些。我不想看牠了，想驚嚇牠一下，使牠躲進水裡，我想像牠笨拙地搖擺著身子爬行的樣子。於是我就那麼蹲著，撿起身旁一顆小球兒似的石頭，順手一拋，我並沒有瞄準蠑螈，我沒有想到會打中牠，像我這樣拙手的人，縱然瞄準了也打不中，石頭卡答一聲落進河裡，與石音的同時，只見蠑螈向傍邊跳過去約四寸遠，尾巴反張的蹺起來。怎麼搞的？我望著，心想不至於打中牠吧？蠑螈那反張顫抖的尾巴自然的靜止垂下，於是臂膀像不支似的張開來，朝外伸出的兩隻前腳，爪子向內一縮，身子無力地向前倒下，尾巴平貼在河石上。蠑螈已經不動了，死了。真是想不到的事，雖然我也不是沒有弄死過蟲類，但是全然沒有那意思，牠卻死了，這使我感到很不快。事情發生得多麼偶然，對蠑螈來說，死得多麼意外。我蹲在那裡有一會兒，感到似乎只有蠑螈和我自己，蠑螈與我混而為一，我了解牠的心情，真可憐，同時感到了生物的冷清。我偶然沒有死，而蠑螈偶然死了。我的心裡充滿了冷清之情。遠方的街燈亮著，我好容易循來路回溫泉旅館。死去的蜜蜂，不知道怎樣了？那場雨後，大概已被埋入泥土裡。那老鼠呢，流到海裡，現在可能已被海水泡得腫脹而漂浮在水面上，與垃圾一起被海浪沖擊到海岸了吧？而沒有死的我，此刻正在路上走，我怎能不感謝，然而心頭並沒有湧上一股喜悅之感。覺得生與死，不是兩極，似乎沒有多大差別。四周很暗了，視覺裡只感到遠方的燈光，雙腳踏地之感，離開了視覺，有一點兒虛無不確，只有頭腦不停地活動著。

志賀直哉《在城崎的時候》3

這是對動物完全即物的描寫，日本文章的精髓就是透過即物的描寫而臻於象徵的境界。

不過，像最近大江健三郎的文章，把動物描寫成宛如性的對象，也表現出動物的另一種美感。

鴿舍上立著的灰布旗子在微露白光的夜空中飄揚，忽而又急急升了上去。鴿舍在那根細長的旗竿下，看來就像一個又瘦又高的人一樣虛弱，在昏暗的天色底下幾乎消失了蹤影。我躡手躡腳爬了進去。

爬過了警衛宿舍低低的八角窗下、正準備挺起腰桿來的時候，鴿群快速地拍動著翅膀朝我撲來。我咬緊了嘴唇、把背緊貼著百葉板探頭望去，就看到了一個因為長久日曬雨淋而變色的波浪板箱，箱子上舊得彎曲的紗網裡有起伏的黑影。突如而來的景象使我的身體僵直——這片小小的黑影分明是一隻張開的手掌，而支撐著鴿舍的木架子底下赫然是一雙穿著短褲、細瘦的孩子的腳。強壓抑住的尖叫在喉嚨裡溶化，瘋狂地想要尖叫著逃出去的衝動突然平靜了。

接著，我看到紗網中那隻漆黑的手掌握住了那在暗黑中為了飛起而奮力展翅的鴿子，握得死緊幾乎要痙攣。手掌一鬆開，鴿子頸部蓬起的灰青色的柔美羽毛就像在夜裡褐色的空氣中綻開，早已經垂頭斷了氣。我從緊貼著宿舍百葉板的地方向前跨了一步。院長的養子驚愕地張開了嘴巴，一動也不動地瞪著我，手裡還握著那隻像交歡過後洩了氣、縮小了身子的鴿屍。一股怒氣將我從屁股、後背到脖子都燒熱了起來，我乾著喉嚨、沉默地瞪著那個混血兒。

「啊、啊！」

混血兒用力喘著氣、身體顫抖起來。「啊、啊」他的手裡握著鴿屍，一邊仰著頭在我的視線下低低喘息。我趕緊又上前一步阻斷了前往院長宿舍的退路。在我的壓制下，混血兒握著鴿屍翻了個身，轉向我剛跨過的圍欄跑了幾步，就整個暴露在珍珠白的夜光之下了。他回頭望了我一眼——那是張僵硬而純潔的臉、嘴唇乾燥而蒼白。看到那彷彿在病榻中、衰弱地顫抖著的身體，燒燙我的怒意頓時煙消雲散。我挺直了身子，躲也不躲地走進了昏暗的光中。

大江健三郎《鴿子》

這種對動物的性描寫令人匪夷所思，在谷崎潤一郎的《貓與庄造與兩個女人》裡可算是臻於極致。

「莉莉呀……」

「喵……」

「莉莉呀……」

「喵……」

她一連頻繁地繼續叫了好幾次又好幾次，每次莉莉都回應她的呼喚，這種情況，是以前從來沒有過的。向來非常清楚地知道誰是疼愛自己的人，誰是內心討厭自己的人，庄造每次叫牠時牠會答應，但品子叫牠時牠卻都裝成沒聽見，今天晚上卻不但叫幾次都不嫌煩地回答，還漸漸帶有撒嬌的意味似的，聲音有說不出的溫柔。而且，抬起那閃著青色光芒的眼珠，身體一面像波浪般伸展著一面走近扶手下面來，又一下回頭往遠處走開。大體對貓來說，對原來自己不理睬的人，今天起要請她疼愛自己，多少對以前的無禮懷有抱歉的心態，所以發出那樣的聲音吧。態度完全改變，仰望今後多加庇護的心意，希望對方能夠理解，而拚命表白吧。品子第一次聽到這隻獸這樣溫柔地回答她，居然高興得像小孩子一樣，於是一連試著叫了好幾次，只是想抱牠，卻不容易抓到牠，因此暫時之間，先離開窗邊看看，莉莉終於身體一躍起來，就輕輕地跳進房間裡來了。然後完全意想不到地，一直線走到坐在床上的品子身邊來，前腳往她的膝蓋上一搭。

這到底是怎麼回事呢，——在她還在發呆之間，莉莉一面用那充滿哀愁的眼光一直仰頭注視著她，一面已經往她胸前靠過來，額頭朝她棉織法蘭絨的睡衣領子使勁搓揉，於是她也把臉頰湊上去跟牠廝磨時，牠更伸出舌頭往她的下巴啦、耳朵啦、嘴巴周圍啦、鼻頭啦，到處猛舔個沒完。這麼說來，聽說貓在與人單獨相處的時候會接吻，或互相磨臉頰，用完全和人一樣的方式表達愛情，就是指這個了，每次看丈夫在沒有人看到的地方悄悄地和莉莉玩樂，就是在讓牠這樣親熱啊。——她嗅著貓身上特有的曬過太陽的毛皮臭味，感覺著沙沙的有點刮人皮膚的舌尖，又痛又癢地在她整個臉上到處舔。然後，突然覺得怎麼會這麼可愛：

「莉莉呀。」

一面叫著，一面忘我地使勁緊緊抱住牠，怎麼，毛皮上到處閃著冷冷的光點，這才確定剛才果真是被雨淋到了啊。

谷崎潤一郎《貓與庄造與兩個女人》4

六、最優美的遊記應該是什麼樣子？

這本小書恐怕沒有足夠的篇幅可以談這個問題，但我認為最優美的遊記是木下杢太郎的文章。木下的文章讓我對未知的國度產生嚮往，甚至相信有朝一日親臨那個國度，也會看到木下帶領我所見到的那些。

下午在一個旅館的餐室裡用膳，然後上街去找那位先生。午後的街道就像艾雷狄亞[5]的詩句那般狂烈而閑寂，主宰豔藍穹蒼的太陽將一棟棟的建築壓成了蛋黃色，狹窄的步道上盪漾著海洋般墨綠的濃蔭。走進裝飾繁瑣的鐵柵門，就可以看到小院子後頭鋪著石子的大客廳。古巴人的家一定有一個採光的中庭，每個房間的門戶都朝著它敞開；院子裡有各樣的椰子樹、和一葉蘭同樣有著波浪形葉片的虎尾蘭、色澤紫紅的巴豆，有時也種著桂樹。金絲雀和文鳥等等的小鳥飼養在綠漆的籠子裡。晌午的太陽把金髮灑在壁面和樹葉上時，中庭裡便閃耀著夢幻般的光芒，彷彿一千零一夜的世界就在此地上演。

木下杢太郎《古巴紀行》

七、關於小孩子的文章

孩童的文章因為它的異想天開和生動直接，往往能夠呈現一種事物經過曲解的趣味感，讓人耳目一新。山下清的文章就有這種孩童般的特質，不過那畢竟不是文章的主流，因為在兒童詩或作文裡才有的天真爛漫，會隨著年齡逐漸式微，若非山下清那樣幾近病入膏肓地執著，人年紀愈大就愈失去天真的魅力。儘管如此，在受到成人的常識干擾同時，又能夠顯現孩童般純真靈動的文章就有相當的趣味。小孩子比大人們更親近「事物的世界」，舉凡手裡拿著的玩具、庭院裡的樹、隨處散落的石頭、昆蟲等動物，它們與孩子之間的關係遠比大人更有聯屬。孩子的發現往往令我們驚奇，但其實是我們自己失去了那份與世界的聯屬。透過尚．考克多《可怕的孩子》[6]以及谷崎潤一郎《小小王國》所描寫的孩童世界，我們得以經由藝術再一次回歸到兒提時候，因此對我來說，比起孩子們寫的文章，成人靈魂所描寫的兒童世界更顯珍貴。

八、誰是小說中的頭號美女？

這個問題簡單。所謂「文章裡的頭號美女」的意思是說，如果你在小說中寫道：「她是古今海內外小說裡出現過的女性當中，最美麗的一位」，那麼她就是了。語言的抽象特性決定了小說中美人的本質。這是戲劇、電影和小說在本質上的差別，也是歷史和小說的不同；當我們在說歷史上的頭號美女的時候，總要加上一些佐證，然而小說自己就是一個渾然天成的小宇宙，它的頭號美女可以在任何地方出現，而不需要任何理由。不過，如果非得要我從小說當中推舉一個最貌似天仙的美女來，我會說是維利耶筆下的薇拉。

九、關於小說主角所征服的女性數目

自命風流的T氏近來表示，他活到現今五十好幾的歲數，總共征服了四千七百名女人，就連歷史上著名的光源氏和世之介[7]也不過「調戲女子數三千七百四十二、少年七百二十五」。T氏對於在人數上超越世之介感到相當自滿，不過現實人生要超越文學作品本來就是件簡單的事。人類的想像力會有窮盡，現實卻無奇不有，比方說，古今中外描寫殺戮和屠殺的書何其多，卻都不如原子彈的慘況來得可怕。現實的領域可以這樣以量取勝，但小說家必須對每一個數字賦予具體性，讓它們與主題保持關聯，同時又要維持小說結構的明快單純，因此受到數字相當的限制。世間的浪蕩子輕易就能打破光源氏或世之介的紀錄，但是對每一位女性付出過的情感，以及每一段戀情的具體細節通常什麼也不記得。卡薩諾瓦[8]的回憶錄大概是最接近這類紀錄的作品，他的回憶錄忠實重現了自己的人生，當中只看得到卡薩諾瓦這名男子的情欲軌跡，至於交往過的女性之性格和個性，幾乎是不存在的。

埋沒在數字裡，幾乎也就等於埋沒在事實當中。小說家則不——他從事實裡編織出一個故事，因此就他的立場來說，他和以量制勝的數字領域本應是格格不入的，不過小說家有時為了賦予小說中的事件或人物真實感，也會援引一些數字。比方說，織田作之助的小說裡不管是金額、女人的人數、房子的高度、買東西的價格……都有明確的數量，這是小說家追求逼真的方式；最極端的例子莫過於薩德侯爵了，他在《索多瑪一百二十天》的結尾，因為不耐逐一描述，乾脆提供一個量化的統計，例如：

三月一日以前遭凌虐至死的人數……十人
三月一日以後慘死的人數……二十人
活著歸返的人數……十六人
合計……四十六人

類似這樣奇特的敘述方式實在難得一見。

十、寫文章時的靈感究竟是什麼？

朗伯羅梭[9]曾經記錄下各種天才的奇行怪癖，在這裡引用其中幾則：

拉格朗日[10]在創作時會感覺到脈搏不規律的跳動

席勒[11]把腳泡在冰水裡

帕薛羅[12]喜歡在堆積成山的床單底下創作

笛卡爾[13]會把頭埋在沙發裡

彭內[14]把厚布纏在頭上，然後把自己關進寒冷的房間裡

盧梭[15]喜歡頂著大太陽冥想

雪萊[16]橫躺在火爐邊上

這些都是犧牲身體的血流量、讓大腦在瞬間充血的辦法。

十九世紀前期，詩人柯立芝[17]在鴉片菸的迷濛狀態下寫出長詩《忽必烈汗》；有一段時

間，鴉片成了頹廢派詩人的靈感來源。進入二十世紀以後，還聽說尚・考克多為了得到靈感，曾經吃完一整箱的方糖後，穿上大衣去睡覺。

十一、幽默和諷刺的分別在哪裡？

學術上對此有各式各樣的定義，簡單來說，幽默無毒、諷刺有毒，幽默有分高級幽默和低級幽默，卻都不傷人。諷刺也有大眾形式的諷刺——例如江戶時代的落首[18]、現今的漫畫等——以及伏爾泰[19]《憨第德》那種高水準的諷刺小說。諷刺小說的傑作大多出於十八世紀，例如孟德斯鳩[20]《一個波斯人的信》，就是以一名初來乍到巴黎的波斯人為主角，從他的觀點寫成的小說，利用外來者新鮮而無預設立場的眼光，來諷刺巴黎種種滑稽的風俗。

粗略來說，諷刺抓住的是在毫無成見或定見之下關注事物時所看到的畸形，它本來就不為特定的政治或黨派服務；諷刺揭開了我們往往從表面或照習慣理解的事物面紗，它是暴露事物本質的一種評論形式，只不過它揭開面紗的方式，和一般的評論比較起來亂無章法，結果讓人不禁因為它的怪異而發笑。《格列佛遊記》就是一部了不起的諷刺小說，它讓我們看見諷刺的首要條件就是要有一個和我們日常生活截然不同的世界，進而從那個世界來反觀我們的愚昧，又比如包括伊索在內的許多諷刺作家，就常常借用動物、侏儒、怪物、巨人等等非人類之眼，或是波斯人等等外族人的眼光來敘述。

相反的，幽默則是人類生活中的潤滑劑。它使人類因緊張不自在而繃緊的神經得到放鬆，鼓舞人以輕鬆愉快的心情面對生活中的種種作為，所以英國人即便是在激烈廝殺的戰場上，也要發揮幽默精神。幽默、沉著、男子氣概就像同一輛車的車輪長相左右，它是理性最溫和的型態。由此看來，雖然德國人素稱是陽剛尚武的民族，可是就缺乏幽默感這一點來說，不免少了一項男性的重要特質。

十二、關於性格描寫

自二十世紀以來，「性格」這個概念在小說中已經愈來愈無足輕重。它就像每一個人在社會裡所扮演的角色——在巴爾札克的時代，社會就是一個大劇院，每一個人看起來就像是照著他所分配到的角色個性在行動，然而現今已經不相信人可以像舊家具一樣，存在某種堅實的樣式，現代人可以同時具備各種不同的性格，並且喜歡在不同性格之間隨意切換，好脫離自己平常所扮演的角色。

康斯丹的告白小說《阿爾道夫》[21]是一個人物性格清晰、並且從頭到尾都中規中矩照著設定搬演的作品。在這部十九世紀初期的小說裡，讀者可以清楚看到，阿爾道夫優柔寡斷的性格是如何將他自己和情人推向萬劫不復的地步。作者在結尾這麼陳述：「所謂的境遇根本不值一提，性格才決定一切。因為人可以斬斷外部所有的關聯，卻無法斬斷他與自己的連結。」小說裡面，阿爾道夫也不只一次地對自己的性格感到莫可奈何，而性格強勢的艾蕾諾可以一而再、再而三地傷害懦弱的阿爾道夫。「她的責難刺傷了我的矜持，也誹謗了我的性格」——由此可見這場戀愛乃是性格與性格之間的衝突和糾葛。如果讀者想具體地了解「性格」的概念為何，請務必要讀一讀《阿爾道夫》。

十三、關於方言寫的文章

只要想像一下谷崎潤一郎（以關西方言寫成）的《細雪》，若是用東京腔來寫，會是多麼恐怖的事，由此就可以知道方言在文學中具有多大的影響力了。《細雪》的翻譯若不能傳達出這種方言的魅力，效果肯定要大打折扣。谷崎雖然是土生土長的江戶人，移居關西之後，為當地的方言心蕩神馳，寫了好幾部關西方言的小說，《卍》就是其中的傑作，它那不可思議的、溼滑的軟體動物似地蠕動個不停的小說結構，都要拜關西方言才能成功。

外國作家裡頭，也有用美國南方語言或者各種不同方言而成功的例子，其中之一就是海明威的《老人與海》，作者利用佛羅里達當地混雜著西班牙腔的英語來突顯地方特色。方言是語言和土地結合的特產，其中揉雜了土地以及這片土地的風景、植物、服裝、色彩等一切所屬，小說當中最難翻譯出來的就是這些和人們歷史知識與風土感覺結合在一起的方言。要說得上一口流利的方言，絕不會比學一種外語輕鬆，若非土生土長的人，大概很難說得真正地道。

據說谷崎在寫《卍》之時，找了一個大阪人來當助手；我沒那麼費功夫，寫《潮騷》的時候是用標準日語寫完了全部的對白，再請那座島出身的人修改成當地的語言。以木下順二為首的一些民話劇作家，他們為現代新劇發明的方言，甚至和井伏鱒二所創造的獨特語言都截然不同，這種不可思議的方言，為新劇界掀起了現代主義的風潮。使用這種奇異的方言，是為了在舞台上營造出一個不屬於世界上任何地方的國度，算是一種取巧的辦法，因為在戲劇當中，方言就像麻藥，會給觀眾一種彷彿真實的錯覺。部分新手劇作家用一種不知從何而來的方言來寫劇本，在我看來是一種技巧上的逃避。

「打針怎麼樣了？好像有點效果是嗎？」

她一回座，就恢復了話題。

「嗳……那種玩意兒，非要耐性地繼續打才行哪。」

「大約要打幾次才行呢？」

「他說哪，不能明白保證打幾次就會見效，反正就是得耐住性子打打看哪。」

「說不定在結婚以前，照樣不會好呢。」

「櫛田先生說是這麼說，不見得就不會好……」

「我想，靠打針不可能把它像擦掉一樣除得乾乾淨淨吧。」這樣說過後，妙子又道：

「對了，卡達琳娜結婚了喲。」

「呵！寄信給么姐了？」

「昨天在元町遇見戚爾倫科，他一面喊妙子小姐，妙子小姐，一面從後面趕上來，說卡達琳娜結婚了喲，兩三天前有信來呢。」

「跟誰結婚了？」

「據說是她自己在當秘書的那家保險公司的總經理呀。」

「終於抓住了是吧！」

「據說寄給戚爾倫科的信上，附有總經理公館的照片，還寫著，我們現在住在這兒。媽媽和哥哥，我先生都會接過來照顧，請趕快到英國來，旅費我們隨時可以寄上。據說從照片上看，那間公館可是不得了的宅院，像城堡一般壯麗呢。」

谷崎潤一郎《細雪》22

十四、好的比喻應該是什麼樣子？

適切的比喻能夠使小說免於過度的抽象乏味，令讀者耳目一新，並在一瞬間掌握到事物的本質。另一方面，比喻的缺點是將小說好不容易結晶起來的統一單純的世界，分化成各種不同想像的領域，所以比喻使用過度就會顯得輕佻浮薄，有讓堅實的小說世界像煙火般炸開的危險。這裡就從尚・考克多的小說裡選出幾個好得不得了的比喻，給各位參考：

到底是什麼神祕的法則，能夠令紀優、梵利舒和波蒙公爵夫人這樣的人宛如水銀似地結合在一起。

人們看著壞疽逐步侵蝕他，彷彿藤蔓包圍著一尊石像，只能眼睜睜地見死不救。

人們就在我軍如特快車般轟行的槍林彈雨下，在德軍那彷彿優美的署名之後一點黑色墨跡般的砲彈交錯中，照樣地生活作息。

他繼續往前走，又看到了別的屍體。這一次是被虐殺的。領子、鞋子、領帶和襯衫就像是醉漢邊走邊脫似地散了一地。

十五、何謂「造語」？

就是字典裡查不到的字。舉個例子來說，久米正雄發明的「微苦笑」一詞，如今變成了耳熟能詳的語詞，這是因為小說家能夠敏銳地捕捉到人獨特的表情，再以創新的語詞來表現，至於時事評論家那些只能通行一時的流行語，就不在討論的範疇了。文學創作者的造語和輕薄的流行語不同，對過往所有詞彙都不足以表達的事物，他就算翻轉了語彙也要把它表達出來，如果沒有這份強烈的迫切感就沒有意義；有些作品，例如，一些小說新秀喜歡通篇累牘地堆砌新造語，這實在也有點不夠誠懇。喬伊斯曾經寫過一本自創語的小說《芬尼根守靈夜》，其中每一個單詞都是作者自創，為了這部小說，甚至得新編一部字典。這些脫離了正軌英文的詞彙，是為了因應作者獨特的意象和主題而造的，以下就介紹幾個《芬尼根守靈夜》字典裡的單字：

voise —— voice+noise……某人形同噪音一般粗嘎的噪音。

somewhit —— somewhat……只比正常少那麼一點。

Shellyholders……像貝殼一樣凹陷的手。

Satisfiction —— Satisfaction+so'tis fiction……才剛保證句句屬實，隨即就補上一個「才怪」的語調。

Beausome —— Bosom+Beau……美麗夜晚的懷抱，或者美人的胸膛。

---

1 楊夢周譯《日本名家小說選》，聯合報社，一九八六年十月，123頁。
2 Pierre Choderlos de Laclos（一七四一～一八〇三），法國小說家、官員暨將領。
3 黃玉燕譯《日本名家小說選第三輯》，聯經，一九九一年一月，111～113頁。
4 賴明珠譯《貓與庄造與兩個女人》，聯合文學，二〇〇六年二月，108～111頁。
5 Jose-Maria de Heredia（一八四二～一九〇五），古巴裔法國詩人。

6 原書名為 *Les Enfants Terribles*。

7 井原西鶴《好色一代男》的主角。

8 Giacomo Girolamo Casanova（一七三五～一七九八），義大利冒險家、作家。他在自傳《我的一生》中坦承自己曾與一千名女性同床共枕。

9 Cesare Lombroso（一八三五～一九〇九），義大利犯罪學家，創立犯罪的實證學派。下文節錄自Cesare Lombroso, The Man of Genius, 1917.

10 Joseph-Louis Lagrange（一七三六～一八一三），義大利出生的法國數學家、力學家、天文學家。

11 Johann Christoph Friedrich von Schiller（一七五九～一八〇五），德國著名詩人、哲學家、劇作家及歷史學家。

12 Giovanni Paisiello（一七四〇～一八一六），義大利作曲家。

13 Rene Descartes（一五九六～一六五〇），法國哲學家、數學家、物理學家、作家。西方近代哲學的奠基人之一。

14 Pierre Ossian Bonnet（一八一九～一八九二），法國數學家。

15 Jean-Jacques Rousseau（一七一二～一七七八），瑞士裔法國思想家、哲學家、作家，他的政治哲學影響法國大革命甚鉅，對於美國獨立革命、現代政治、社會學以及教育發展也影響深遠。

16 Percy Bysshe Shelley（一七九二～一八二二），英國重要的浪漫主義詩人。

17 Samuel Taylor Coleridge（一七七二～一八三四），英國抒情詩人、評論家和哲學家。

18「落首」（らくしゅ）是一種諷刺時政的詩歌，在言論自由不彰的年代，往往匿名張貼在人潮聚集的地方。

19 Voltaire，原名：Francois-Marie Arouet（一六九四～一七七八），法國啟蒙時代思想家、哲學家、文學家，啟蒙運動公認的領袖和導師。Voltaire,Candide,ou l'Optimisme, 1759.

20 Charles-Louis de Montesquieu（一六八九～一七五五），法國啟蒙時期思想家、社會學家。Montesquieu,Les lettres persanes,1721.

21 Benjamin Constant（一七六七～一八三〇），法國作家、政治家。

22 魏廷朝譯《細雪》，遠景出版，一九九二年三月，579～580頁。

譯後序

黃毓婷

二〇〇〇年年底，新潮社開始出版三島由紀夫的「決定版」全集，這套全集囊括了七十多篇新發現的文章（包括小說、劇本和評論）、學生時代自行裝幀的詩集、創作筆記、八百多封書信，以及因遺族反對而封印多年的電影《憂國》。除了大批新出土的作品和第一手資料以外，這次全集（這是三島由紀夫逝後第二次出版的全集）與一般的作家全集最不一樣的地方，或許就在它收進了DVD和CD這些影音的資料，裡頭除電影之外，還有三島由紀夫的作品朗讀、英文演講和合唱的原聲實錄。「決定版」全集的多元，已經說明了三島由紀夫精彩的一生是具有如何多方面、不同層次的面相。

是的，三島由紀夫的才華是多方面的。他是寫小說、寫詩的三島由紀夫、也是拍電影、演電影的三島由紀夫；他為舞台劇和電視劇寫劇本，他指揮交響樂團、為歌曲寫詞並親自演唱；他攝影、同時也是被拍攝的主體。晚年，他組織極右派的民兵，並在一九六九年激進火爆的學生運動中，單槍匹馬地獨闖被左派學生占領的東京大學，和學生辯論——這就是三島由紀夫，他無懼，想說什麼就說什麼；他主動，因為他從來不甘只做個單向的書寫者，對於自己所信仰的一切，他都要敲鑼打鼓走上街去推行。

儘管三島由紀夫一生熱烈地闡釋和推行他的思想，但他的言論一直是被有意地抹殺。最常見的清潔方式就是把小說家三島和現實中的三島切割，把三島由紀夫囿限在文學的領域裡。但是，對於三島由紀夫這樣把創作當成一種理念實踐方式的作家來說，如何能只談作品而規避掉他本人呢？二〇〇〇年重新出版的三島由紀夫全集裡，以往因為描繪同性戀而被刪改的段落，如今因為禁忌不再而得以以原稿本來的面貌問世，電影之所以能重新公開，也要歸因於愈來愈自由的政治環境，這除了是三島由紀夫的新紀元，更代表日本社會終於有了足夠的勇氣和寬容去直視這樣的異端。從三島由紀夫全集感受到日本軍國主義威脅的人，大可不必多慮了。

你不一定認同三島由紀夫的政治理念，但你照樣可以欣賞他的文學，同樣的，你不一定贊同《文章讀本》裡面說的，必須同時具備美食家、狩獵高手等等的專長，才夠資格做他心目中的讀者，但你仍然可以從這本書裡看見一個以專業作家自詡（三島在一開始就將所有業餘的作品貶損為「模倣來的品味」）的人，是從如何的高度在看待自己的作品。三島由紀夫不斷地回溯到歷史，也不斷地在每一個專題裡細述西方文學作品與日本文學在本質上的差異，很顯然，三島由紀夫對於自己在日本文學史上的「位置」充滿自覺，也很清楚地意識到，日本與西方交流至今仍難以同化的殊異之處。所有寫過《文章讀本》的作家裡，或許也只有三島由紀夫擁有這樣的視野，因為他是二戰結束之後西方譯介最多的日本作家之一（其他的作家則有得到諾貝爾文學獎的川端康成），從這次決定版全集的CD當中，還可以聽見他以流利的英文演講應答。三島由紀夫不單單跨領域，還是跨國界的作家。

三島在這本書裡使用的是敬語，因此這本書比較像是談話，而非嚴謹的書寫。由於是談話，行文未免拉拉雜雜，思慮也有不夠縝密的地方，但也因為如此，我們從他高抬了誰、貶抑了誰，擁抱了什麼、又在抗拒什麼這些主觀的話語裡，就能看到一個作家最沒道理卻又最真實的一面。書中列舉的各種文章範例，都盡量採用台灣現有的譯本，讓有興趣鑽研的讀者能夠按圖索驥地找來翻閱。希望中文版的讀者在欣賞本書收錄的各種文章範例同時，也能藉機琢磨每一位譯者的工夫。

三島由紀夫文集 12

文章讀本
文章読本

作者　三島由紀夫
譯者　黃毓婷
社長　陳蕙慧
總編輯　戴偉傑
責任編輯　王淑儀
行銷企劃　廖祿存
電腦排版　極翔企業有限公司

讀書共和國出版集團社長　郭重興
發行人　曾大福
出版　木馬文化事業股份有限公司
發行　遠足文化事業股份有限公司
地址　231新北市新店區民權路108之4號8樓
電話　02-2218-1417　傳真　02-8667-1891
email: service@bookrep.com.tw
郵撥帳號　19588272　木馬文化事業股份有限公司
客服專線　0800221029
法律顧問　華洋國際專利商標事務所　蘇文生 律師
印刷　成陽印刷股份有限公司
二版一刷　2018年12月
二版二刷　2023年3月
定價　新台幣320元

ISBN 978-986-359-605-9

國家圖書館出版品預行編目(CIP)資料

文章讀本 / 三島由紀夫作；黃毓婷譯. -- 二版. -- 新北市：木馬文化出版：遠足文化發行, 2018.12
面；　公分. --（三島由紀夫文集；12）
譯自：文章読本
ISBN 978-986-359-605-9（平裝）

861.2　　107017514